RAVENCLAW

재치

배움

지혜

해리 포터 시리즈

읽는 순서:
해리 포터와 마법사의 돌
해리 포터와 비밀의 방
해리 포터와 아즈카반의 죄수
해리 포터와 불의 잔
해리 포터와 불사조 기사단
해리 포터와 혼혈 왕자
해리 포터와 죽음의 성물

라틴어로도 읽을 수 있는 책:
해리 포터와 마법사의 돌
해리 포터와 비밀의 방

웨일스어, 고대 그리스어, 아일랜드어로도 읽을 수 있는 책:
해리 포터와 마법사의 돌

함께 읽을 책
신비한 동물 사전
퀴디치의 역사
(코믹 릴리프와 루모스를 돕고자 출간되었음)
음유시인 비들 이야기
(루모스를 돕고자 출간되었음)

이 세 권은 또한 다음의 시리즈로 출간되었습니다:
호그와트 라이브러리
(코믹 릴리프와 루모스를 돕고자 출간되었음)

일러스트 에디션
짐 케이 일러스트
해리 포터와 마법사의 돌
해리 포터와 비밀의 방
해리 포터와 아즈카반의 죄수
해리 포터와 불의 잔

올리비아 L. 길 일러스트
신비한 동물 사전

크리스 리델 일러스트
음유시인 비들 이야기

J.K. ROWLING

해리포터
HARRY POTTER

혼혈 왕자

4

J.K. 롤링 지음 | 강동혁 옮김

RAVENCLAW

문학수첩

HARRY POTTER & THE HALF-BLOOD PRINCE

First published in Great Britain in 2005 by Bloomsbury Publishing Plc
This edition Published in October 2021
Text © J.K. Rowling 2005
Cover and interior illustrations by Levi Pinfold © Bloomsbury Publishing Plc 2021
Wizarding World is a trade mark of Warner Bros. Entertainment Inc.
Wizarding World Publishing and Theatrical Rights © J.K. Rowling
Wizarding World characters, names and related indicia are TM and © Warner Bros.
Entertainment Inc. All rights reserved.
Korean translation copyright © 2022 by Moonhak Soochup Publishing Co., Ltd.

나의 아름다운 딸 매켄지에게,

잉크와 종이로 된

쌍둥이를 바칩니다.

CONTENTS

기숙사 에디션 일러스트 by 레비 핀폴드

24장
섹툼셈프라

해리는 기진맥진하긴 했지만 밤사이 자기가 해낸 일에 기뻐하는 마음으로, 다음 날 아침 일반 마법 수업 시간에 론과 헤르미온느에게 어젯밤에 있었던 일을 모두 들려주었다(일단 가까이에 앉아 있는 학생들에게 머플리아토 주문을 건 뒤였다). 론과 헤르미온느 둘 다 해리가 슬러그혼을 구슬려 기억을 빼낸 방식에 깊은 감명을 받았고, 볼드모트의 호크룩스에 관한 얘기나 덤블도어가 또 다른 호크룩스를 찾아내면 해리를 데려가 주겠다고 약속했다는 얘기가 나왔을 때는 감탄을 금치 못했다.

"와." 해리가 마침내 이야기를 마치자 론이 탄성을 질렀다. 론은 자기가 뭘 하고 있는지도 모른 채 천장을 향해 애

매하게 마법 지팡이를 휘두르고 있었다. "우아. 너 정말
로 덤블도어랑 같이 가는구나……. 그걸 찾으면 파괴하려
고…… 와."

"론, 너 때문에 눈 내리잖아." 헤르미온느가 인내심 있게
말하고 그의 손목을 움켜쥐더니, 여지없이 큼직한 눈송이
가 떨어지기 시작한 천장에서 마법 지팡이를 치웠다. 해리
는 옆에 있는 책상에서 라벤더 브라운이 새빨개진 눈으로
헤르미온느를 노려보고 있는 것을 알아차렸다. 헤르미온
느는 즉시 론의 손목을 놓았다.

"아, 그래." 론이 살짝 놀란 얼굴로 자기 어깨를 내려다
보며 말했다. "미안…… 우리 셋 다 비듬이 엄청 많은 것처
럼 보이네."

그는 헤르미온느의 어깨에서 가짜 눈을 털어 냈다. 라벤
더가 울음을 터뜨렸다. 론은 죄책감이 역력한 표정으로 라
벤더에게서 등을 돌렸다.

"우리 깨졌어." 그가 입술 한쪽을 움직여 해리에게 말했
다. "어젯밤에. 내가 헤르미온느랑 같이 침실에서 나오는
걸 라벤더가 본 다음에 말이야. 넌 당연히 보이지 않았을
테니까. 그냥 우리 둘만 있었던 거라고 생각했겠지."

"아." 해리가 말했다. "뭐, 깨져서 속상한 건 아니지?"

"응." 론은 솔직하게 대답했다. "쟤가 소리 지를 때는 정말 끔찍했는데, 적어도 내가 찰 필요는 없어졌으니까."

"겁쟁이." 헤르미온느는 그렇게 말하면서도 기분 좋아 보이는 얼굴이었다. "뭐, 이래저래 연인들한테는 불행한 밤이었네. 지니랑 딘도 헤어졌어, 해리."

해리는 그 말을 하는 그녀의 눈에 다 안다는 빛이 어려 있는 것 같다고 생각했지만, 그의 마음이 갑자기 빠르고 경쾌한 춤을 추기 시작했다는 사실을 그녀가 알 리는 없었다. 그는 무표정한 얼굴을 하고 최대한 무관심한 목소리를 유지하려고 애쓰며 물었다. "어쩌다가?"

"아, 정말 별일도 아니었어……. 지니가 딘한테 왜 초상화 구멍을 지나갈 때마다 자길 도와주려 하느냐고 뭐라뭐라 했거든. 혼자서는 지나다니지도 못하는 사람 취급 한다고 말이야. 하지만 둘 사이가 삐걱거린 지는 한참 됐지."

해리는 교실 저편에 있는 딘을 힐끗 바라보았다. 그는 정말로 우울해 보였다.

"일이 이렇게 됐으니 너도 당연히 고민되겠지?" 헤르미온느가 말했다.

"무슨 뜻이야?" 해리가 재빨리 되물었다.

"퀴디치 팀 말이야." 헤르미온느가 말했다. "지니랑 딘이 서로 말을 하지 않으면……."

"아…… 아, 그러게." 해리가 말했다.

"플리트윅이다." 론이 경고하듯 말했다. 조그만 몸집의 일반 마법 교수가 보였다 안 보였다 하면서 그들을 향해 다가오고 있었는데, 그들 중 식초를 와인으로 바꾸는 데 성공한 사람은 헤르미온느뿐이었다. 그녀의 유리 플라스크는 짙은 빨간색 액체로 가득 차 있는 반면 해리와 론의 플라스크 내용물은 아직도 탁한 갈색이었다.

"이런, 이런. 여기 남학생들." 플리트윅 교수가 나무라듯 꽥꽥거렸다. "말은 좀 줄이고 손을 더 움직여야지. 어디 솜씨 좀 보자꾸나."

그들은 온 힘을 다해 집중하면서 동시에 마법 지팡이를 들어 올려 각자의 플라스크를 가리켰다. 다음 순간 해리의 식초는 얼음으로 변했고, 론의 플라스크는 폭발했다.

"그래…… 숙제는……." 플리트윅 교수가 책상 밑에서 다시 나타나 모자 꼭대기에서 유리 파편을 털어 내며 말했다. "연습하기."

일반 마법 수업이 끝나자 그들은 드물게 공강 시간이 겹쳐서 함께 휴게실로 돌아갔다. 론은 라벤더와의 관계가 끝나서 마음이 상당히 가벼워진 듯했고 헤르미온느도 밝아

보였다. 왜 그렇게 싱글벙글이냐고 묻자 그냥 "날씨가 좋
잖아"라고 대답하긴 했지만. 둘 중 누구도 해리의 머릿속
에서 맹렬한 싸움이 벌어지고 있다는 것은 눈치채지 못한
것 같았다.

걘 론의 여동생이야.

하지만 딘을 찼잖아!

그래도 론의 여동생이라고.

난 론의 가장 친한 친군데!

그러니까 더더욱 안 되지.

론한테 먼저 말하면……

널 때리겠지.

그래도 상관없다면?

걘 너의 가장 친한 친구잖아!

해리는 초상화 구멍을 지나 햇빛이 비치는 휴게실로 들
어가고 있다는 것도 거의 알아채지 못했고, 휴게실에 7학년
몇 명이 우르르 몰려 있는 것도 보는 둥 마는 둥 했다. 그때
헤르미온느가 소리쳤다. "케이티! 돌아왔구나! 괜찮아?"

해리는 멍하니 그쪽으로 눈길을 돌렸다. 정말로 케이티
벨이었다. 그녀는 건강을 완전히 되찾은 모습으로, 기뻐서
어쩔 줄 모르는 친구들에게 둘러싸여 있었다.

"다 나았어!" 그녀가 활기찬 목소리로 말했다. "월요일에 세인트 멍고에서 퇴원했는데 엄마 아빠랑 집에서 이틀 쉬고 오늘 아침에 돌아왔어. 리앤한테서 지난번 시합과 매클래건에 대해 듣고 있던 중이야, 해리⋯⋯."

"그래." 해리가 말했다. "뭐, 이제 네가 돌아왔고 론도 괜찮아졌으니까, 래번클로를 탈탈 털어 버릴 수 있겠다. 그말은 우리가 아직 우승 후보라는 거지. 저기, 케이티⋯⋯."

그는 곧바로 그녀에게 질문을 던져야 했다. 호기심에 지니 생각마저도 머릿속에서 일시적으로 밀려날 정도였다. 분명 변환 마법 수업에 늦은 듯 케이티의 친구들이 소지품을 챙기기 시작하자 해리는 목소리를 낮추고 말을 이었다.

"⋯⋯그 목걸이 말이야⋯⋯. 그걸 누가 줬는지 이제는 기억나?"

"아니." 케이티가 유감스러운 듯 고개를 저으며 말했다. "다들 나한테 물어보는데 전혀 기억이 안 나. 내가 마지막으로 기억하는 건 스리 브룸스틱스의 여자 화장실로 들어가던 것뿐이야."

"그럼 화장실에는 확실히 들어간 거네?" 헤르미온느가 끼어들었다.

"뭐, 문을 열고 들어간 건 기억나." 케이티가 말했다. "그

러니까 누군지는 몰라도 나한테 임페리우스 저주를 건 사
람은 바로 문 뒤에 서 있었을 거야. 그다음부터, 2주쯤 전
에 세인트 멍고에 입원해 있던 때까지의 기억이 텅 비어
있어. 저기, 나 가 봐야겠다. 내가 돌아온 첫날이라고 해서
맥고나걸 교수님이 깜지를 안 시키고 그냥 넘어갈 것 같지
는 않거든."

그녀는 가방과 책을 챙기고 서둘러 친구들을 따라갔다.
해리, 론, 헤르미온느는 창가 탁자에 둘러앉아 케이티가
한 말을 곰곰이 곱씹어 보았다.

"그러니까 케이티한테 목걸이를 준 건 여자가 틀림없
어." 헤르미온느가 말했다. "여자 화장실에 있었으니까."

"아니면 여자처럼 보이는 사람이었을 수도 있지." 해리
가 말했다. "잊지 마, 호그와트에는 폴리주스 마법약이 한
솥 가득 있다는 걸. 그 일부가 도난당하기까지 했고……."

해리의 머릿속에 크래브와 고일이 모두 여자아이로 변
해 당당하게 걸어가는 모습이 떠올랐다.

"펠릭스 펠리시스를 한 모금 더 마셔야겠어." 해리가 말
했다. "그리고 필요의 방에 들어가려고 다시 시도해 보는
거야."

"그건 완전히 마법약 낭비야." 헤르미온느가 방금 가방

에서 꺼낸 《스펠먼의 룬문자 읽기》를 탁자에 내려놓으며 딱 잘라 말했다. "행운으로 할 수 있는 일에는 한계가 있어, 해리. 슬러그혼 교수님 때랑은 다르다고. 넌 처음부터 슬러그혼 교수님을 설득할 능력을 가지고 있었어, 그런 상황에서 조금만 손을 쓰면 됐던 거야. 행운만으로는 강력한 마법을 깨뜨릴 수 없어. 남은 약을 낭비하지 마! 덤블도어 교수님이 널 데리고 간다면, 네가 가진 행운을 다 끌어모아도 모자랄 거야." 그녀는 속삭이듯 목소리를 낮췄다.

"좀 더 만들면 안 되나?" 론은 헤르미온느의 말을 한 귀로 흘리며 해리에게 물었다. "많이 비축해 놓으면 아주 좋을 텐데……. 책 좀 찾아보자……."

해리는 가방에서 《고급 마법약 제조》를 꺼내 펠릭스 펠리시스 조제법을 찾아보았다.

"제기랄, 뭐가 이렇게 복잡해?" 그가 재료 목록을 눈으로 훑어 내리며 투덜거렸다. "게다가 6개월이나 걸려……. 부글부글 끓게 놔둬야 한대."

"그럼 그렇지." 론이 말했다.

책을 다시 집어넣으려던 해리는 순간 페이지 한 귀퉁이가 접혀 있는 것을 발견했다. 그 페이지를 펼치자 '적에게 사용'이라는 설명이 붙은 '섹툼셈프라'라는 주문이 보였다.

해리가 몇 주 전에 페이지를 접어 표시해 놓은 주문이었다. 그는 아직도 이 주문이 어떤 효과를 갖고 있는지 알아내지 못했다. 주된 이유는 헤르미온느가 있는 데서 그 주문을 시험해 보고 싶지 않았기 때문이었다. 하지만 다음번에 또 매클래건이 갑자기 등 뒤에서 나타나면 그에게 써 볼까 생각 중이었다.

케이티 벨이 학교에 돌아온 것을 보고 별로 기뻐하지 않은 유일한 사람은 딘 토머스였다. 더 이상 그녀를 대신해 추격꾼으로 뛸 필요가 없어졌던 것이다. 해리가 그 말을 해 주었을 때 딘은 충격을 담담하게 받아들이고 뭐라뭐라 툴툴거리면서 어깨를 으쓱했을 뿐이지만, 해리는 딘과 셰이머스가 멀어져 가는 그의 등 뒤에서 반란이라도 꾸미는 듯 수군거리는 것을 확실히 느낄 수 있었다.

이어지는 보름 동안 해리는 주장이 된 이래 최고의 퀴디치 훈련을 했다. 그의 팀 선수들은 매클래건을 내보내게 돼서 기쁜 데다 마침내 케이티까지 돌아와서 너무 반가운 나머지 펄펄 날아다녔다.

지니는 딘과 헤어진 게 전혀 속상하지 않은 기색이었다. 오히려 그녀는 팀의 분위기 메이커가 되었다. 그녀는 쿼플이 빠르게 날아오는데 골대 앞에서 불안하게 왔다 갔다 하는 론이나, 매클래건에게 큰 소리로 지시를 내리다가 빗맞은 블러저에 머리를 얻어맞고 기절한 해리를 흉내 내면서 모두를 굉장히 즐겁게 했다. 해리는 다른 사람들과 함께 배를 잡고 웃으며 마음 놓고 떳떳하게 지니를 바라볼 이유가 생겨서 다행이라고 생각했다. 덕분에 훈련하는 내내 스니치를 찾을 생각도 없이 멍하니 있다가 블러저에 얻어맞고 몇 군데 더 부상을 당했다.

머릿속에서는 계속 싸움이 벌어졌다. 지니냐 론이냐? 가끔은 라벤더와의 일을 겪고 난 이후의 론이라면 그가 지니에게 데이트를 신청한다 해도 크게 신경 쓰지 않을지도 모른다는 생각이 들었다. 하지만 그러다가도 지니가 딘과 키스하는 장면을 봤을 때 론이 지었던 표정이 떠오르면, 해리가 지니의 손이라도 잡았다가는 론이 그것을 비열한 배신행위라고 여길 게 분명하다는 생각이 들었다.

하지만 해리는 자꾸만 지니에게 말을 걸고, 그녀와 함께 웃고, 훈련을 마친 뒤 그녀와 함께 성으로 돌아가는 자신을 어찌할 수 없었다. 양심의 가책이 얼마나 느껴지든, 그는 자기도 모르게 어떻게 해야 지니와 단둘이 있을 수 있을지 고민하고 있었다. 슬러그혼이 또 한 번 그 작은 파티를 열어 준다면 더 바랄 나위가 없을 것이다. 론은 그곳에 없을 테니까. 하지만 불행하게도 슬러그혼은 파티에 대한 마음을 접은 것처럼 보였다. 해리는 한두 번 헤르미온느에게 도움을 구할까 생각해 봤지만, 그녀의 얼굴에 떠오른 잘난 척하는 표정을 참고 볼 수가 없을 것 같았다. 지니를 뚫어져라 바라보거나 그녀의 농담에 웃음을 터뜨리는 모습을 헤르미온느에게 들킨 것 같다는 생각이 가끔씩 들었기 때문이다. 더욱 골치 아픈 문제는, 그가 지니에게 고백하지 않으면 조만간 누군가가 먼저 해 버릴 게 뻔하다는 사실이었다. 이런 걱정이 해리를 끊임없이 고민하게 만들었다. 그와 론은 적어도 한 가지 사실에는 의견을 같이했다. 지니는 지나칠 정도로 인기가 많았다.

그렇게, 펠릭스 펠리시스를 한 모금 더 마시고 싶은 유혹은 날이 갈수록 강해지고 있었다. 헤르미온느의 말을 빌리면 이것이야말로 '상황에 조금만 손을' 써야 하는 경우가 분명했다. 5월 내내 온화한 날들이 순조롭게 흘러갔다. 해리는 지니를 볼 때마다 꼭 론이 바로 옆에 있는 것처럼 느껴졌다. 론이 어떻게든 가장 친한 친구와 여동생이 서로를 좋아하게 되는 것보다 더 기분 좋은 일은 없다는 것을 깨닫고 단 몇 초나마 해리와 지니를 단둘이 있게 해 주는 한 조각 행운이 절실했다. 시즌 마지막 퀴디치 시합이 다가오는 동안 그럴 가능성은 좀처럼 보이지 않았다. 론은 늘 해리에게 전술 얘기를 하고 싶어 했고 다른 생각은 거의 하지 않았다.

론만 그렇게 유별나게 구는 것도 아니었다. 학교 전체적으로 그리핀도르 대 래번클로의 시합에 엄청난 관심이 쏟아지고 있었다. 이 시합이 아직은 알 수 없는 챔피언십의 결과를 결정짓게 될 것이기 때문이었다. 그리핀도르가 래번클로를 300점 차이로 이긴다면(무리한 조건이긴 했지만 해리가 알기로 그의 팀이 지금처럼 뛰어난 실력을 보였던 적은 없었다) 그들이 챔피언십에서 우승을 차지하게 될 것이다. 300점보다 적은 점수 차로 이긴다면 래번클로에 이어 2위가 된다. 100점 내의 점수 차로 지면 후플푸프에 밀려서 3위가 될 테고, 100점 이상의 점수 차로 지면 4위가된다. 그럴 경우, 해리는 그리핀도르 퀴디치 팀이 200년만에 처음으로 꼴찌 자리를 차지하도록 이끈 주장으로 영원히 기억될 것이다.

이 결정적인 시합을 준비하는 동안 으레 벌어지던 일들이 이번에도 벌어졌다. 서로 맞붙게 되는 기숙사의 학생들은 복도에서 상대를 위협하려 들었다. 학생들은 선수 각각에 대한 불쾌한 구호를 해당 선수가 지나갈 때마다 큰 소리로 외쳐 댔다. 선수들은 그 모든 관심을 즐기며 으스대거나, 수업 시간 사이사이 화장실로 달려가 토하곤 했다. 해리가 생각하기에 이 시합은 지니에 대한 계획이 성공하느냐, 실패하느냐와 연결되어 있었다. 만약 300점 이상의 점수 차로 이긴다면, 그 황홀한 광경들과 멋지고 시끌벅적한 뒤풀이 파티가 펠릭스 펠리시스를 양껏 마시는 것만큼이나 좋은 효과를 발휘할지도 모른다는 느낌을 떨쳐 버릴 수가 없었다.

이렇게 온갖 것에 정신이 팔려 있는 와중에도 해리는 말포이가 필요의 방에서 뭘 하고 있는지 알아내겠다는 또 다른 목표를 결코 잊지 않았다. 수시로 도둑 지도를 확인하던 해리는 말포이가 지도에 나타나지 않는 경우가 많아지자 그가 필요의 방에서 상당한 시간을 보내고 있을 거라고 추측했다. 비록 필요의 방에 들어갈 수 있을 거라는 희망은 차츰 사라져 가고 있었지만, 근처에 갈 때마다 시도는 해 보았다. 하지만 어떤 방식으로 요청해도 벽은 그 모습 그대로 남아 있을 뿐 결코 문을 드러내지 않았다.

래번클로와의 시합을 며칠 앞둔 어느 날, 해리는 혼자 휴게실을 나와 저녁을 먹으러 계단을 내려가고 있었다. 론은 또 한 번 구토를 하러 근처 화장실로 달려갔고, 헤르미온느는 지난 숫자점 작문 숙제에서 실수를 저지른 것 같다며 벡터 교수를 만나러 갔다. 해리는 딱히 이유가 있어서라기보다는 습관처럼 8층 복도를 빙 둘러 가는 길에 도둑 지도를 확인했다. 잠깐 동안은 어디에서도 말포이의 이름을 찾을 수 없었다. 이번에도 그가 필요의 방에 들어가 있을 거라고 생각한 순간, 말포이의 이름이 붙은 작디작은 점이 바로 아래층 남자 화장실에 있는 것이 보였다. 말포이와 함께 있는 사람은 크래브도 고일도 아닌 울보 머틀이었다.

해리는 이 가당치도 않은 조합을 뚫어지게 바라보다가 갑옷을 정통으로 들이받고서야 걸음을 멈췄다. 요란한 굉음 덕분에 퍼뜩 정신을 차린 그는 필치가 나타날까 봐 서둘러 그곳을 떠났다. 그는 대리석 계단을 뛰어내려 가 아래층 복도를 내달렸다. 그러고는 화장실 앞에 다다라 문에 귀를 바짝 갖다 댔다. 아무 소리도 들리지 않았다. 그는 슬며시 화장실 문을 열어 보았다.

드레이코 말포이가 문을 등지고 서서 두 손으로 세면대 양옆을 꽉 움켜쥐고 있었다. 흰빛이 도는 금발 머리를 푹 숙인 채였다.

"그러지 마." 화장실 칸막이 한 곳에서 달래는 듯한 울보 머틀의 목소리가 들렸다. "그러지 말고…… 나한테 뭐가 잘못됐는지 말해 줘……. 내가 널 도와줄 수 있어……."

"날 도울 수 있는 사람은 아무도 없어." 말포이가 말했다. 그는 온몸을 부들부들 떨고 있었다. "못 하겠어…… 난 못 해……. 통하지 않아……. 금방 해내지 못하면…… 그분이 날 죽인다고 했는데……."

해리는 눈앞에서 무슨 일이 벌어지고 있는지를 깨닫고 엄청난 충격에 꼼짝도 할 수 없었다. 말포이는 울고 있었다. 정말로 울고 있었다. 그의 허여멀건 얼굴을 따라 흘러내린 눈물이 지저분한 세면대 위로 뚝뚝 떨어졌다. 말포이는 헉하고 숨을 크게 들이마시더니 몸을 부르르 떨며 고개를 들어 깨진 거울을 들여다보았다. 그리고 어깨 너머로 자기를 보고 있는 해리를 발견했다.

말포이가 홱 돌아서며 마법 지팡이를 꺼내 들었다. 해리도 본능적으로 자신의 마법 지팡이를 꺼냈다. 말포이가 날려 보낸 공격 마법이 아슬아슬하게 해리를 비켜 나가면서 벽에 걸린 등잔을 산산조각 냈다. 해리는 옆으로 몸을 날리며 머릿속으로 '레비코르푸스!'를 외치고 마법 지팡이를 짧게 휘둘렀지만, 말포이는 그 저주 마법을 막고 또 다른 마법을 걸기 위해 마법 지팡이를 들어 올렸다.

"안 돼! 안 돼! 그만둬!" 울보 머틀이 꽥 소리 질렀다. 그녀의 목소리가 타일로 뒤덮인 공간에 시끄럽게 메아리쳤다. "그만해! **그만하라고!**"

쾅 하는 굉음과 함께 해리 뒤에 있던 쓰레기통이 폭발했다. 해리는 다리 묶기 저주를 시도했지만 그것은 말포이의 귀를 그냥 스쳐 지나가서는 벽에 맞고 다시 튀어나와 울보 머틀 밑에 있는 물탱크를 부숴 버렸다. 머틀이 큰 소리로 비명을 질렀다. 사방에서 물이 넘쳐흘렀고 해리는 그만 미끄러져 넘어지고 말았다. 그 순간 말포이가 얼굴을 일그러뜨리며 내뱉었다. "크루시……."

"섹툼셈프라!" 해리가 바닥에 넘어진 채 마법 지팡이를 거칠게 휘두르며 소리쳤다.

마치 보이지 않는 칼에 베인 것처럼, 말포이의 얼굴과 가슴에서 피가 솟구쳤다. 말포이는 비틀비틀 뒤로 물러나다가 물바다가 된 바닥에 철썩 소리를 내며 쓰러졌다. 축 늘어진 그의 오른손에서 마법 지팡이가 힘없이 굴러떨어졌다.

"안 돼……." 해리는 헉하고 숨을 들이켰다.

해리는 바닥에서 일어나 미끄러지고 비틀거리면서 말포이에게 달려갔다. 말포이의 얼굴은 이제 온통 빨간색으로

물들어 있었고, 하얀 손은 피로 흠뻑 젖은 가슴을 움켜쥐
고 있었다.

"아냐…… 나는…….'"

해리는 자기가 무슨 말을 하는지도 모른 채 말포이 옆에
털썩 무릎을 꿇었다. 말포이는 자기가 흘린 피 웅덩이 속
에서 걷잡을 수 없이 떨고 있었다. 울보 머틀이 귀청을 찢
을 듯한 비명을 내질렀다.

"살인이다! 화장실에서 살인이 일어났다! 살인이야!"

해리 뒤에서 문이 벌컥 열렸다. 그는 겁에 질린 채 고개
를 들었다. 스네이프가 화가 머리끝까지 난 얼굴로 뛰어들
어 와 있었다. 그는 해리를 거칠게 떠밀고 말포이 옆에 무
릎 꿇고 앉아 마법 지팡이를 꺼내 들더니 거의 노래처럼
들리는 주문을 중얼거리며 해리의 저주 마법이 남긴 깊은
상처들을 훑었다. 피가 차츰 멎는 듯했다. 스네이프는 말
포이의 얼굴에서 피를 마저 닦아 내고 다시 주문을 외웠
다. 이제는 상처가 봉합되고 있는 것 같았다.

해리는 자기가 저지른 짓에 경악한 나머지 그 자신도 피
와 물에 흠뻑 젖어 있다는 사실을 거의 의식하지 못한 채
계속 그 모습을 지켜보았다. 머리 위에서는 울보 머틀이
아직도 흐느끼며 울부짖고 있었다. 스네이프는 세 번째로

저주 해제 마법을 걸고 말포이를 반쯤 일으켜 세웠다.

"병동에 가야겠다. 흉터가 많이 남겠지만, 한시라도 빨리 꽃박하를 먹으면 그것도 피할 수 있을지 모른다⋯⋯. 가자⋯⋯."

그는 말포이를 부축한 채 화장실을 가로지르다가 문 앞에서 돌아서서 싸늘한 분노가 담긴 목소리로 말했다. "그리고 포터⋯⋯ 넌 여기서 날 기다리도록."

그 말에 거역해야겠다는 생각은 단 한 순간도 들지 않았다. 해리는 부르르 떨면서 천천히 일어나 물이 흘러넘친 바닥을 내려다보았다. 피 얼룩이 새빨간 꽃처럼 둥둥 떠다니고 있었다. 울보 머틀이 점점 더 즐기는 기색을 분명히 드러내며 울부짖고 흐느끼고 있었는데도 해리는 그녀에게 좀 조용히 하라고 말할 힘조차 없었다.

10분 뒤 스네이프가 돌아왔다. 그는 화장실로 들어와 등 뒤에서 문을 닫았다.

"가라." 그가 머틀에게 말하자 그녀는 곧바로 자신의 변기로 휙 날아들어 갔다. 그녀가 사라지자 갑작스러운 적막에 귀가 웅웅 울렸다.

"일부러 그런 게 아니에요." 해리가 즉시 입을 열었다. 그의 목소리가 차갑고 축축한 공간에 메아리쳤다. "그게 어떤 주문인지 몰랐어요."

하지만 스네이프는 그 말을 들은 척도 하지 않았다.

"확실히 내가 널 과소평가한 모양이군, 포터." 그가 조용히 말했다. "네가 그런 어둠의 마법을 알 거라고 누가 생각이나 했을까? 누가 너한테 그 주문을 가르쳐 줬지?"

"저는…… 어디서 읽었어요."

"어디서?"

"그게…… 도서관에 있는 책에서요." 해리는 아무렇게나 지어냈다. "책 제목은 기억이 안 나는데……."

"거짓말하지 마라." 스네이프가 말했다. 해리는 목구멍이 바싹 마르는 느낌이었다. 그는 스네이프가 뭘 하려는지 알았다. 해리가 한 번도 막아 낼 수 없었던 일…….

화장실이 눈앞에서 일렁이는 듯했다. 그는 머릿속 생각을 모두 감추려고 발버둥 쳤지만, 온 힘을 다해 애를 썼는데도 혼혈 왕자의 《고급 마법약 제조》가 자꾸만 그의 생각 표면에 떠올라 아른거렸다.

다음 순간 그는 물이 흘러넘쳐 엉망이 된 이 화장실 안에서 다시 스네이프를 바라보고 있었다. 가능성은 희박했지만, 해리는 자신이 우려하는 것을 스네이프가 보지 못했기를 바라며 그의 검은색 눈을 들여다보았다.

"책가방을 가져와라." 스네이프가 조용히 말했다. "교과서도 전부 가져와. 전부 다. 여기, 나한테. 당장!"

말대꾸해 봤자 아무런 의미가 없었다. 해리는 곧바로 몸을 돌려 물을 철벅거리며 화장실을 나갔다. 그리고 복도로 나가자마자 그리핀도르 탑을 향해 뛰기 시작했다. 대부분의 학생들은 반대 방향으로 걸어가고 있었다. 그들은 물과 피로 흠뻑 젖은 해리를 보고 입을 쩍 벌렸지만, 그는 쏟아지는 물음들에 대답하지 않고 계속 달렸다.

그는 충격으로 정신이 멍했다. 마치 애지중지하던 반려동물이 돌연 야수로 변해 버린 것 같은 기분이었다. 혼혈왕자는 대체 무슨 생각으로 책에 그런 주문을 적어 놓은 걸까? 스네이프가 그걸 보면 무슨 일이 벌어질까? 스네이프가 슬러그혼에게 해리가 이번 학년 내내 마법약 수업에서 그토록 뛰어난 실력을 보일 수 있었던 비결을 말해 줄까(해리는 속이 뒤틀렸다)? 그토록 많은 것을 알려 주었던 그 책을 압수하거나 없애 버리면…… 안내자이자 친구가되어 버린 그 책을 뺏기면 어떡하지? 그런 일이 일어나도록 놔둘 수 없었다……. 그럴 수는…….

"너 어디 갔었어? 왜 이렇게 쫄딱 젖었어? 그거 피야?"

론이 계단 꼭대기에 서 있었다. 그는 해리의 모습을 보고 당황한 표정이었다.

"네 책 좀 빌려줘." 해리가 헐떡이며 말했다. "네 마법약 책. 빨리…… 갖다줘……."

"하지만 혼혈 왕자 책은 어쩌고?"

"나중에 설명할게!"

론은 가방에서 자신의 《고급 마법약 제조》를 꺼내 건네주었다. 해리는 그를 지나쳐 전속력으로 달려서 휴게실로 들어갔다. 그런 다음 가방을 집어 들고, 이미 저녁 식사를 마치고 온 몇몇 아이들의 시선을 무시한 채 다시 초상화 구멍 밖으로 뛰쳐나가 8층 복도를 정신없이 질주했다.

그는 발레 연습을 하는 트롤 태피스트리 앞에서 미끄러지듯 멈춘 뒤 눈을 감고 걷기 시작했다.

'책을 숨길 장소가 필요해……. 책을 숨길 장소가 필요해……. 책을 숨길 장소가 필요해…….'

그는 쭉 뻗은 벽 앞을 세 번 왔다 갔다 했다. 눈을 뜨자 마침내 그것이 나타났다. 필요의 방으로 들어가는 문이었다. 해리는 문손잡이를 비틀어 열고 안으로 뛰어들어 가서 문을 쾅 닫았다.

그는 헉하고 숨을 들이켰다. 마음은 갈팡질팡 조급하고 화장실에 돌아갔을 때 과연 어떤 일이 벌어질지 두려웠으

면서도, 눈앞에 보이는 광경에 압도될 수밖에 없었다. 그
는 커다란 대성당 크기의 방에 서 있었다. 높은 창문들을
통해 들어오는 빛줄기가 우뚝 솟은 성벽으로 둘러싸인 도
서관처럼 보이는 것을 비추고 있었다. 호그와트에 살았던
사람들이 대대로 숨겨 둔 물건들로 이루어진 도시였다. 부
서지고 망가진 가구들이 아슬아슬 쌓여 있는 사이로 통로
와 길 들이 나 있었다. 잘못 다른 마법의 증거를 숨기기 위
해, 혹은 성을 가꾸는 데 열심인 집요정들에 의해 이곳에
처박힌 물건인 듯했다. 책도 셀 수 없을 정도로 많았다. 금
지된 책이거나 낙서가 되어 있거나 훔친 책들이 틀림없었
다. 날개 달린 대포와 송곳니 원반도 있었는데, 그중 몇 개
는 산더미처럼 쌓인 금지된 물건들 위로 엉거주춤하게나
마 둥둥 떠다닐 만큼은 수명이 남아 있었다. 굳어 버린 마
법약이 담긴 이 빠진 유리병과 모자, 보석, 망토도 보였다.
용의 알 껍질처럼 보이는 것, 내용물이 아직도 사악하게 빛
나고 있는, 코르크 마개로 막은 병들도 있었으며, 녹슨 칼
몇 자루와 핏자국이 남아 있는 묵직한 도끼도 있었다.

해리는 이 숨겨진 보물들 사이로 난 수많은 통로 중 한
곳으로 황급히 들어갔다. 그는 거대한 트롤 박제를 끼고 오
른쪽으로 돌아 짧은 거리를 달려가다가, 작년에 몬태규가

실종되었던 그 망가진 사라지는 캐비닛에서 왼쪽으로 돈 뒤 마침내 누가 산성을 띤 물질을 뿌린 것처럼 표면이 우둘투둘하게 일어나 있는 커다란 수납장 앞에 멈춰 섰다. 그는 그 수납장의 한쪽 문을 삐걱 열었다. 그곳에는 이미 죽은 지 오래된 무언가의 우리가 숨겨져 있었다. 우리 안에는 다리가 다섯 개 달린 해골이 있었다. 그는 그 우리 뒤쪽에 혼혈 왕자의 책을 쑤셔 넣고 수납장 문을 세차게 닫은 뒤 심장이 터질 듯이 쿵쾅대는 것을 느끼며 잠시 움직임을 멈추고 그 어수선한 장소를 둘러보았다⋯⋯. 이 온갖 잡동사니 더미 사이에서 여기를 다시 찾을 수 있을까? 해리는 근처 나무 상자 위에 놓여 있는, 여기저기 깨진 늙고 추한 마법사 흉상을 들어다가 책을 숨겨 둔 수납장 위에 세워 놓았다. 그런 다음 먼지투성이 낡은 가발과 색이 바랜 왕관 머리 장식을 조각상의 머리에 얹어 더욱 눈에 띄도록 만든 뒤 숨겨진 잡동사니들의 통로를 되짚어 최대한 빠르게 문을 향해 달려갔다. 그가 다시 복도로 나와 문을 쾅 닫자 필요의 방으로 들어가는 문은 곧바로 다시 돌벽으로 변했다.

해리는 아래층 화장실을 향해 곧장 달려가며 론의 《고급 마법약 제조》를 가방에 쑤셔 넣었다. 1분 뒤 그는 스네이프 앞에 도착했다. 스네이프는 아무 말 없이 해리의 책가

방 쪽으로 손을 내밀었다. 해리는 가슴에 타는 듯한 통증을 느끼며 헐떡이면서 가방을 건네주고는 잠시 기다렸다.

스네이프가 해리의 책을 하나하나 꺼내 살펴보았다. 마침내 마법약 책만 남았다. 스네이프는 아주 신중하게 그 책을 살펴보더니 입을 열었다.

"이게 네《고급 마법약 제조》냐, 포터?"

"네." 해리가 여전히 거칠게 숨을 쉬며 말했다.

"확실하겠지?"

"네." 해리는 좀 더 도전적인 태도로 대답했다.

"이게 네가 플러리시 앤 블러츠에서 구입한《고급 마법약 제조》란 말이지?"

"네." 해리가 단호하게 말했다.

"그럼 어째서" 하더니 스네이프가 물었다. "표지 안쪽에 '루닐 와즐립'이라는 이름이 적혀 있는 거지?"

해리는 순간 심장이 멎는 듯했다.

"제 별명인데요." 그가 말했다.

"별명이라." 스네이프가 되풀이했다.

"네…… 제 친구들은 절 그렇게 부른다고요." 해리가 말했다.

"나도 별명이 무슨 뜻인지는 안다." 스네이프가 말했다.

그의 차갑고 검은 눈길이 또 한 번 해리의 눈을 파고들었다. 그는 스네이프의 눈을 마주 보지 않으려고 애썼다. '마음을 닫아…… 마음을 닫아…….' 하지만 해리는 그 일을 제대로 해내는 법을 배운 적이 없었다.

"내가 무슨 생각을 하는지 아나, 포터?" 스네이프가 아주 나지막한 목소리로 말했다. "나는 네가 거짓말쟁이에 사기꾼이고, 학기가 끝날 때까지 매주 토요일마다 나에게 방과 후 징계를 받아야 마땅하다고 생각한다. 어떻게 생각하나, 포터?"

"제…… 제 생각은 다른데요, 교수님." 그는 계속 스네이프의 시선을 피하며 그렇게 말했다.

"글쎄, 방과 후 징계를 받은 다음에는 어떻게 생각할지 두고 보도록 하지." 스네이프가 말했다. "토요일 아침 10시다, 포터. 내 연구실로 오도록."

"하지만 교수님……." 해리는 절박하게 눈을 들며 말했다. "퀴디치가…… 마지막 시합인데……."

"10시 정각이다." 스네이프는 누런 이가 드러나도록 씩 웃으며 속삭였다. "가엾은 그리핀도르…… 안됐지만 이번에는 꼴찌를 하겠군."

그는 더 이상 아무 말도 하지 않고 화장실을 나갔다. 해리는 화장실에 홀로 남겨진 채 토할 것 같은 기분을 느끼며 거울을 뚫어지게 들여다보았다. 론이라도 이런 메슥거림은 평생 느껴 보지 못했을 것이다.

"'거봐, 내가 뭐랬어'라는 말은 안 할게." 한 시간 뒤 휴게실에 있을 때 헤르미온느가 말했다.

"좀 놔 둬, 헤르미온느." 론이 화를 냈다.

해리는 저녁 식사를 하러 가지 않았다. 먹고 싶은 생각이 전혀 들지 않았다. 그는 론과 헤르미온느와 지니에게 무슨 일이 있었는지 막 이야기한 참이었다. 딱히 다 말해 줄 필요가 없긴 했다. 소문이 순식간에 퍼진 뒤였으니까. 울보 머틀이 성안 모든 화장실에서 갑자기 튀어나와 이야기를 전하는 일을 떠맡은 듯했다. 벌써 병동에 있는 말포이를 문병하러 갔다 온 팬지 파킨슨은 조금도 지체하지 않고 가는 곳마다 해리의 험담을 늘어놓고 있었다. 게다가 스네이프는 무슨 일이 벌어졌는지 교수들에게 정확하게 전해 주었다. 해리는 이미 휴게실에서 불려 나가 맥고나걸 교수 앞에서 굉장히 불편한 15분을 견뎌 냈다. 그녀는 해리에게 퇴학당하지 않은 걸 다행으로 알라며, 학기가 끝날 때까지 매주 토요일 방과 후 징계를 주기로 한 스네이프의 처벌을 진심으로 지지한다고 말했다.

"그 혼혈 왕자라는 사람, 어딘가 좀 이상하다고 그랬잖아." 헤르미온느가 말했다. 그 말을 하지 않고는 도저히 참을 수 없는 게 분명했다. "내 말이 맞았지?"

"아니, 그건 아닌 것 같은데." 해리가 고집스럽게 대꾸했다.

헤르미온느가 훈계를 늘어놓지 않아도 그는 이미 괴로운 시간을 보내고 있었다. 토요일 시합에 나가지 못할 거라는 얘기를 했을 때 그리핀도르 동료 선수들의 얼굴에 떠오른 표정이 그가 받은 모든 처벌 가운데서도 최악이었다. 그는 자신에게 머무는 지니의 시선을 느낄 수 있었지만 그 눈을 마주 보지는 않았다. 지니의 얼굴에서 실망도 분노도 보고 싶지 않았다. 이미 지니에게 토요일 경기에서 그녀가 수색꾼 역할을 맡게 될 것이며, 딘이 그녀 대신 추격꾼으로 다시 팀에 합류할 거라는 이야기를 전한 터였다. 아마 그리핀도르가 승리한다면 지니와 딘은 시합이 끝난 뒤의 황홀경 속에서 화해를 하겠지……. 이 생각이 싸늘한 칼처럼 해리를 베고 지나갔다.

"해리." 헤르미온느가 다시 말했다. "어떻게 아직도 그 책에 집착할 수가 있어? 그 주문은……."

"책 타령 좀 그만할래?" 해리가 쏘아붙였다. "혼혈 왕자는 그냥 그 주문을 적어 놓은 것뿐이야! 다른 사람한테 그 주문을 쓰라고 권하거나 뭐 그런 게 아니라고! 우리가 아는 한, 혼혈 왕자는 자기 자신을 상대로 쓰였던 주문을 적어 놓고 있었던 거야!"

"믿어지지가 않는다." 헤르미온느가 말했다. "네가 이렇게까지 옹호하고 나서다니⋯⋯."

"내가 저지른 짓을 변명하려는 게 아냐!" 해리가 재빨리 말했다. "나도 그런 짓을 한 걸 후회해. 열 번도 넘게 방과 후 징계를 받게 돼서도 아니야. 넌 내가 그런 주문을 쓰지 않을 거라는 걸 알잖아. 아무리 상대가 말포이라고 해도! 하지만 혼혈 왕자 탓을 할 수는 없어. 혼혈 왕자가 '이걸 써 봐, 진짜 좋아' 같은 말을 써 둔 게 아니니까. 그냥 자기 책에 필기를 한 것뿐이잖아. 안 그래? 다른 사람 보라고 한 게 아니라⋯⋯."

"그러니까 네 말은" 하고, 헤르미온느가 말했다. "거기로 돌아가서⋯⋯."

"책을 도로 가져올 거냐고? 응, 맞아." 해리가 힘주어 말했다. "잘 들어, 혼혈 왕자가 아니었다면 나는 절대 펠릭스 펠리시스를 얻지 못했을 거야. 독을 마신 론을 구할 방법도 몰랐을 거고. 절대로⋯⋯."

"……부당한 방법으로 마법약에 재능이 있다는 평가를 얻지도 못했겠지. 넌 그럴 자격이 없는데 말이야." 헤르미온느가 심술궂은 말투로 말했다.

"그만 좀 해, 헤르미온느!" 지니가 소리쳤다. 해리는 너무 놀라고 고마워서 눈을 들어 그녀를 바라보았다. "얘기들어 보니까 말포이는 해리한테 용서받지 못하는 저주를 쓰려고 한 것 같던데, 해리가 좋은 패를 갖고 있었던 걸 오히려 다행스럽게 여겨야지!"

"뭐, 나도 당연히 해리가 저주 마법에 맞지 않아서 다행이라고 생각해!" 헤르미온느가 상처받은 게 분명한 목소리로 말했다. "하지만 그 섹툼셈프라 주문을 좋은 패라고 할 수 없어, 지니. 그것 때문에 해리가 결국 어떤 꼴이 됐는지 봐. 그리고 나는 이 일이 너희가 치를 시합의 승패에 끼칠 영향을 생각해 볼 때……."

"아, 퀴디치를 이해하는 척하지 마." 지니가 쏘아붙였다. "그래 봤자 창피나 당할걸."

해리와 론은 눈앞의 광경을 빤히 바라보았다. 언제나 꽤 사이가 좋았던 헤르미온느와 지니가 이젠 팔짱을 끼고 서로에게서 등을 돌린 채 앞만 쏘아보고 있었다. 론은 초조하게 해리를 바라보더니 아무 책이나 집어 들고 그 뒤로 얼굴을 숨겼다. 하지만 해리는 그럴 처지가 아니라는 걸 알면서도 갑자기 엄청난 기쁨이 몰려오는 것을 느꼈다. 그날 저녁 내내 그들 중 누구도 다시 입을 열지 않았는데도.

하지만 그런 좋은 기분은 오래가지 않았다. 다음 날 그는 자기들 팀의 주장이 시즌 마지막 시합에 나오지 못하게 되어 매우 심기가 불편해진 그리핀도르 동료 학생들의 극심한 분노는 물론 슬리데린 아이들의 비웃음까지 견뎌야 했다. 토요일 아침, 해리는 헤르미온느에게 했던 말과는 달리 론, 지니, 그리고 다른 선수들과 함께 퀴디치 경기장으로 갈 수만 있다면 이 세상에 있는 펠릭스 펠리시스를 전부 줘 버릴 수도 있을 것 같았다. 하나같이 장미 장식을 달고 모자를 쓴 채 현수막과 스카프 등을 흔들며 햇빛 속으로 쏟아져 나가는 학생들을 뒤로하고 지하 감옥을 향해 돌계단을 내려가 저 멀리 관중의 소리가 들리지 않는 곳까지 걸어가야 한다니. 중계 한 마디, 환호성이나 신음 소리 한 번 들을 수 없다는 것을 생각하자 견딜 수가 없을 지경이었다.

"아, 포터." 해리가 문을 두드리고 기분 나쁘게 익숙한 연구실에 들어서자 스네이프가 말했다. 그는 이제 지상 교실에서 어둠의 마법 방어법을 가르쳤지만, 지하에 있는 이 연구실을 아직 쓰고 있었다. 연구실은 언제나 그렇듯 희미하게 밝혀져 있었고, 전과 마찬가지로 사방 벽을 둘러싸고 있는 갖가지 색깔의 마법약 안에는 끈적끈적한 죽은 생물들이 둥둥 떠 있었다. 해리를 위해 마련되었을 게 분명한 탁자에는 불길하게도 거미줄 쳐진 상자들이 잔뜩 쌓여 있었다. 그 상자들에서는 지루하고 힘든 데다가 무의미하기까지 한 기운이 스멀스멀 뿜어져 나오고 있었다.

"필치 씨가 이 오래된 서류철들을 정리할 사람을 찾고 있었다." 스네이프가 조용히 말했다. "호그와트 규칙 위반자들과 그들이 받은 처벌 내용을 기록해 놓은 것들이다. 네가 할 일은 잉크가 바래거나 쥐가 갉아 먹어서 손상된 부분의 내용을 새 카드에 베껴 쓰는 것이다. 반드시 알파벳 순서대로 정리하고 다시 상자 안에 넣어 놓도록. 마법은 사용하지 않는다."

"네, 교수님." 해리는 할 수 있는 한 경멸감을 실어서 마지막 세 글자를 내뱉었다.

스네이프가 입가에 악의 어린 미소를 머금고 다시 입을 열었다. "먼저 1,012번부터 1,056번까지 담겨 있는 상자부터 시작하는 게 좋겠다. 거기 보면 익숙한 이름들이 몇 개 나올 텐데, 그러면 작업에 흥미가 더해질 거다. 자, 여길

보면…….”

그는 과장된 동작으로 맨 위에 있는 상자들 중 하나에서 카드 한 장을 꺼내 읽었다. “제임스 포터와 시리우스 블랙. 버트럼 오브리에게 불법 공격 마법을 사용하다 걸림. 오브리의 머리가 두 배로 커짐. 둘 다 방과 후 징계.’” 스네이프가 피식 웃었다. “세상을 떠나기는 했지만, 그들의 위대한 업적에 관한 기록이 남아 있다고 생각하면 분명 굉장히 위로가 되겠지.”

해리는 가슴속 깊은 곳이 부글부글 끓어오르는 익숙한 기분을 느꼈다. 그는 말대꾸하고 싶은 마음을 억누르려고 혀를 깨물며 상자들 앞에 앉아 그중 하나를 자기 쪽으로 끌어당겼다.

중간중간에 아버지나 시리우스의 이름을 보고 속이 철렁하곤 했을 뿐(틀림없이 스네이프가 계획한 대로였겠지만) 예상했던 대로 전혀 쓸모없는 지루한 작업이었다. 아버지와 시리우스의 이름은 대개 온갖 종류의 사소한 장난과 함께 등장했고, 가끔씩 리머스 루핀과 피터 페티그루가 동참하기도 했다. 해리는 그들의 다양한 위반 행위들과 처벌 내용을 베껴 쓰는 동안, 바깥에서는 과연 무슨 일이 벌어지고 있을지 궁금했다. 시합이 막 시작됐을 텐데…….

지니가 수색꾼이 되어서 초를 상대하겠지…….

해리는 째깍째깍 소리를 내는 커다란 벽시계를 자꾸만 힐끔거렸다. 그 시계는 보통 시계의 절반 정도 속도로 움직이는 것 같았다. 혹시 스네이프가 엄청나게 느린 속도로 가도록 시계에 마법을 걸어 놓은 건 아닐까? 여기에 온 지 겨우 30분 지났을 리는 없었다. 한 시간…… 한 시간 반…….

시계가 12시 30분을 가리켰을 때 해리의 배에서 꼬르륵 소리가 나기 시작했다. 해리에게 과제를 내준 뒤 한 마디도 하지 않던 스네이프가 마침내 눈을 들었을 땐 1시 10분이 되어 있었다.

"그 정도면 될 것 같군." 그가 차갑게 말했다. "어디까지 했는지 표시해 놓아라. 다음 주 토요일 10시에 계속한다."

"네, 교수님."

해리는 귀퉁이를 접어서 표시한 카드를 아무 상자에나 쑤셔 넣고 스네이프가 마음을 바꾸기 전에 황급히 문을 나섰다. 그는 쏜살같이 돌계단을 뛰어올라 가면서 경기장에서 나는 소리를 들으려고 열심히 귀를 기울였지만 사방은 고요하기만 했다……. 경기가 끝난 것이다…….

그는 사람들로 붐비는 대연회장 바깥에서 잠깐 망설이

다가 대리석 계단을 달려올라 갔다. 그리핀도르가 이기든 지든 선수들은 보통 휴게실에서 축하를 하거나 위로를 나누곤 했다.

"퀴드 아지스("어떻게 됐어요?"의 라틴어—옮긴이)?" 그는 머뭇거리며, 안에서 무엇을 보게 될지 궁금해하면서 뚱뚱한 귀부인에게 말했다.

그녀가 도통 알 수 없는 표정을 지으며 대답했다. "보면 알 게다."

그러더니 앞으로 홱 젖혀졌다.

그녀의 뒤에 있는 구멍에서 축하의 함성이 터져 나왔다. 아이들이 그를 보고 소리를 지르기 시작하자 해리는 입을 떡 벌렸다. 손 몇 개가 튀어나와 그를 휴게실 안으로 끌어당겼다.

"우리가 이겼어!" 론이 눈앞으로 뛰쳐나와 해리를 향해 은빛 우승컵을 흔들어 대며 소리쳤다. "우리가 이겼다고! 450 대 140으로 우리가 이겼어!"

해리는 주위를 둘러보았다. 지니가 그에게 달려오고 있었다. 해리를 껴안는 그녀의 얼굴에 격앙된 감정이 어려 있었다. 해리는 아무런 생각도 없이, 아무런 계획도 없이, 쉰 명의 아이들이 지켜보고 있다는 사실은 아랑곳하지 않고 그녀에게 키스했다.

30분처럼 느껴지기도 하고, 혹은 햇살 가득한 며칠이 흐른 것처럼 느껴지기도 하는 기나긴 순간이 지나고 나서야 그들은 서로에게서 떨어졌다. 휴게실은 쥐 죽은 듯 조용했다. 그때 몇몇 아이가 길게 휘파람을 불어 댔고 흥분해서 낄낄거리는 웃음소리가 터져 나왔다. 해리는 지니의 머리 너머로 박살 난 유리잔을 손에 쥐고 있는 딘 토머스의 모습과 뭔가 집어던지기라도 할 것 같은 표정을 짓고 있는 로밀다 베인을 보았다. 헤르미온느는 활짝 웃고 있었지만 해리의 눈은 론을 찾고 있었다. 해리는 마침내 아직도 우승컵을 쥔 채 방망이로 머리를 가격당했을 때나 지을 법한 표정을 짓고 있는 론을 발견했다. 찰나의 순간 그들은 서로 눈이 마주쳤고, 이어 론이 머리를 살짝 까딱였다. 해리는 그것을 '뭐, 꼭 그래야겠다면야'라는 뜻으로 받아들였다.

가슴속 괴물이 승리의 함성을 내지르는 가운데 해리는 지니를 내려다보고 씩 웃으며 말없이 손으로 초상화 구멍 바깥을 가리켰다. 지금 상황에서는 교정을 오래도록 거니는 게 가장 적절한 행동인 것 같았다. 그러는 동안, 혹 시간이 나면 시합 얘기를 할 수도 있을 것이다.

25장
보는 자, 그리고 엿들은 자

    해리 포터가 지니 위즐리와 사귄다는 사실은 수많은 사람들, 특히 여학생들의 관심을 끄는 듯했다. 하지만 해리는 이어지는 몇 주 동안 그런 수군거림 같은 것은 기분 좋게 흘려 넘겼다. 어쨌거나, 어둠의 마법과 관련된 끔찍한 상황에 휘말려서가 아니라 해리가 기억하는 한 여태껏 겪었던 일들 중에서 가장 기분 좋은 일로 입방아에 오르내린다는 건 아주 멋진 변화였다.

    "소문거리가 그렇게 없나." 지니가 말했다. 그녀는 휴게실 바닥에 털썩 주저앉아 해리의 다리에 기댄 채 《예언자일보》를 읽고 있었다. "1주일 동안 디멘터 공격이 세 건이나 있었는데, 로밀다 베인이 기껏 하는 일이라고는 나한테

44

네가 가슴에 히포그리프 문신을 새긴 게 사실이냐고 물은 것뿐이야."

론과 헤르미온느 둘 다 웃음을 터뜨렸다. 해리가 그런 그들을 무시하고 물었다.

"그래서 뭐라고 해 줬어?"

"형가리 혼테일이라고 해 줬지." 지니가 한가롭게 신문을 넘기며 말했다. "훨씬 더 터프하잖아."

"고마워." 해리가 씩 웃으며 말했다. "그럼 론한테는 무슨 문신이 있다고 했어?"

"피그미 퍼프. 어디에 새겼는지는 말 안 해 줬어."

헤르미온느가 배를 잡고 데굴데굴 구르자 론은 도끼눈을 떴다.

"조심해." 그는 경고하듯 해리와 지니를 손가락으로 가리키며 말했다. "내가 허락했다고 해서 그 허락을 철회하지 못한다는 뜻은 아니니까."

"'허락'이래." 지니가 코웃음을 쳤다. "언제부터 오빠가 나한테 이건 된다 저건 안 된다 허락해 줬는데? 어쨌든 마이클이나 딘보다는 차라리 해리가 낫다고 말한 건 오빠잖아."

"그래, 맞아." 론이 마지못해 말했다. "그리고 너희 둘이 공공장소에서 키스 같은 것만 하지 않으면······."

"이 더러운 위선자! 오빠랑 라벤더가 어땠는지는 잊었어? 뱀장어 한 쌍처럼 뒤엉켜서 온 사방을 뒹굴어 놓고?" 지니가 따졌다.

하지만 6월이 되면서 론의 인내심이 시험에 들 일도 별로 없어졌다. 해리와 지니가 같이 지내는 시간이 점점 줄어들었기 때문이었다. 지니는 O.W.L. 시험이 다가오고 있었으므로 어쩔 수 없이 밤늦게까지 몇 시간이고 시험공부를 해야만 했다. 그러던 어느 날 저녁, 지니가 도서관에 가 있는 동안 휴게실 창가 자리에 앉아 약초학 숙제를 마저 하고 있었어야 할 해리는 점심시간에 지니와 함께 호숫가에서 보낸 유난히 행복했던 한 시간을 다시 떠올리고 있었다. 그때 뭔가 즐겁지 않은 결심을 한 것처럼 보이는 헤르미온느가 그와 론 사이에 털썩 주저앉았다.

"할 얘기가 있어, 해리."

"무슨 얘기?" 해리가 의심 가득한 목소리로 물었다. 바로 어제만 해도 헤르미온느는 그에게 지니는 시험공부에 집중해야 하니 그녀의 주의를 흐트러뜨리지 말라고 잔소리를 했었다.

"이른바 혼혈 왕자에 대해서 말이야."

"아, 또 시작이야." 그가 신음했다. "제발 그만 좀 하면 안 돼?"

그는 감히 책을 가지러 필요의 방에 다시 가지 못했고, 그 때문에 마법약 수업 시간에 활약하는 일에서도 차질이 빚어지고 있었다(그러나 지니를 총애하는 슬러그혼은 익살스럽게 그 원인을 해리가 상사병에 걸린 탓으로 돌렸다). 하지만 해리는 스네이프가 혼혈 왕자의 책을 손에 넣으려는 희망을 아직 버리지 않았다는 확신이 들었고, 스네이프가 그를 지켜보는 동안에는 책을 지금 있는 곳에 계속 둘 작정이었다.

"그만 못 하겠어." 헤르미온느가 단호하게 말했다. "네가 내 얘기를 끝까지 다 듣기 전에는 말이야. 들어 봐, 내가 어둠의 주문을 만들어 내는 걸 취미로 삼을 만한 사람을 좀 알아봤는데……."

"그 녀석은 그걸 취미로 삼은 게 아니……."

"그 녀석? 그 녀석이라니…… 혼혈 왕자가 남자라고 누가 그래?"

"이 얘긴 끝난 거나 마찬가지 아니야?" 해리가 성질을 내며 말했다. "프린스잖아, 헤르미온느. *왕자!*"

"바로 그거야!" 헤르미온느가 소리쳤다. 주머니에서 아주 오래된 신문기사를 꺼내 해리 앞 탁자에 쾅 하고 내려

놓는 그녀의 뺨이 잔뜩 상기되어 있었다. "이것 좀 봐! 이 사진을 보라고!"

해리는 부스러질 듯한 종이를 집어 들고 세월에 누렇게 바랜 움직이는 사진을 들여다보았다. 론도 자세히 보려고 허리를 숙였다. 사진 속에는 열다섯 살쯤 되어 보이는 깡마른 여자아이가 있었다. 예쁜 얼굴은 아니었다. 약간 화가 난 동시에 시무룩한 표정이었고, 두꺼운 눈썹에 얼굴은 길쭉하고 창백했다. 사진 아래 다음과 같은 설명이 쓰여 있었다. '아일린 프린스, 호그와트 곱스톤 팀 주장.'

"그래서?" 해리가 사진이 딸려 있는 짤막한 신문 기사를 훑으며 말했다. 학교 간 곱스톤 시합에 관한 꽤 지루한 기사였다.

"이름이 아일린 프린스잖아. 프린스라고, 해리."

그들은 서로를 바라보았고, 해리는 비로소 헤르미온느가 무슨 말을 하려는 건지 깨달았다. 그가 웃음을 터뜨렸다.

"말도 안 돼."

"뭐?"

"이 여자가 혼혈…… 그거라고 생각하는 거야? 야, 왜 이래."

"왜 안 되는데? 해리, 마법사 세계에 왕자 같은 건 없어.

그렇다면 '프린스'라는 건 누군가가 자기한테 직접 붙인 별명이거나, 진짜 이름일 거야. 안 그래? 아니, 들어 보라니까! 만약에, 예를 들어 아일린의 아버지가 '프린스'라는 성을 가진 마법사였고 어머니는 머글이었다면, 아일린은 '혼혈 프린스'가 되었을 거 아냐!"

"그래, 아주 기발하다, 헤르미온느……."

"하지만 그렇잖아! 어쩌면 아일린은 자신의 피에 프린스라는 마법사의 피가 반 섞여 있는 걸 자랑스러워했을지도 몰라!"

"잘 들어, 헤르미온느. 여자는 분명 아니야. 딱 보면 알수 있다고."

"사실은 여자가 그만큼 똑똑할 리 없다고 생각하는 거겠지." 헤르미온느가 화를 내며 말했다.

"내가 너랑 5년 동안이나 어울렸는데 여자애들이 똑똑하지 않다고 생각할 리 있겠냐?" 헤르미온느의 말에 상처를 받은 해리가 발끈해서 말했다. "글 쓰는 방식이 그렇다는 얘기잖아. 딱 봐도 남자가 쓴 글이야. 그렇다니까? 이 여자랑은 아무 상관도 없어. 그나저나 이건 어디서 난 거야?"

"도서관." 헤르미온느는 예상대로 그렇게 말했다. "옛날에 나왔던 《예언자일보》를 다 볼 수 있거든. 뭐, 나는 틈나는 대로 아일린 프린스에 대해서 더 알아볼 거야."

"마음대로 해." 해리가 짜증을 내며 말했다.

"그럴게." 헤르미온느가 말했다. "그리고 내가 가장 먼저 살펴보려고 하는 건 예전 마법약 관련 대회 수상 기록이야!" 그녀가 초상화 구멍으로 다가가면서 쏘아붙였다.

해리는 잠시 그녀의 뒷모습을 노려보다가 점점 어두워지는 하늘을 다시 내다보았다.

"네가 마법약 과목에서 자기보다 뛰어난 걸 도저히 못 참겠나 보다." 론이 《1,000가지 마법 약초와 버섯》으로 다시 눈을 돌리며 말했다.

"너도 내가 그 책을 되찾고 싶어 하는 걸 이해 못 하는 건 아니지?"

"당연히 아니지." 론이 힘주어 말했다. "그 사람은 천재였어. 혼혈 왕자 말이야. 어쨌든…… 그 사람이 베조아르에 대한 단서를 남기지 않았다면……." 그는 의미심장하게 손가락으로 자기 목을 쓱 그었다. "내가 여기서 이 얘기를 하고 있지도 못했을 거 아냐. 내 말은, 네가 말포이한테 썼던 그 주문이 좋았다는 건 아니지만……."

"그건 나도 마찬가지야." 해리가 재빨리 말했다.

"하지만 말포이는 다 나아서 멀쩡해졌잖아? 순식간에 다시 걸어 다닐 거라고."

"그래." 해리가 말했다. 그것은 분명한 사실이었지만 그래도 살짝 양심의 가책이 느껴지기는 했다. "스네이프 덕분이지……."

"이번 주 토요일에도 스네이프한테 방과 후 징계를 받아야 해?" 론이 물었다.

"응, 다음 주 토요일에도. 그다음 주 토요일에도." 해리는 푹 한숨을 내쉬었다. "그리고 이제는 학기가 끝날 때까지 그 상자들을 다 정리하지 못하면 다음 학기에도 계속하게 될 거라고 은근히 압박을 주고 있어."

안 그래도 지니와 함께할 수 있는 시간이 줄어든 마당에 이런 방과 후 징계마저 시간을 빼앗자 해리는 유독 화가 났다. 사실 최근에는 혹시 스네이프가 지니와 해리가 사귀는 걸 아는 게 아닌가 하는 의구심이 강하게 들었다. 그가 매번 점점 더 늦은 시간까지 해리를 붙잡아 두면서, 해리가 이토록 좋은 날씨와 그 날씨에 따르는 다양한 기회들을 놓치고 있는 것에 대해 신랄한 말들을 늘어놓았던 것이다.

양피지 두루마리를 든 지미 피크스가 옆에 나타났을 때에야 해리는 이 씁쓸한 회상에서 빠져나왔다.

"고마워, 지미. ……이것 봐, 덤블도어 교수님한테서 온

거야!" 해리가 양피지를 펼쳐 훑어보더니 흥분해서 말했
다. "되도록 빨리 연구실로 오라셔!"

그들은 서로를 뚫어지게 바라보았다.

"제기랄." 론이 속삭였다. "너 설마…… 혹시 덤블도어가
그걸 발견한 건……?"

"가서 봐야겠지?" 해리가 벌떡 일어나며 말했다.

그는 허겁지겁 휴게실을 나서서 전속력으로 8층 복도를
달렸다. 맞은편에서 훅 날아내려 오면서 평소 하던 대로
해리에게 분필을 던지고 해리가 방어하려고 날린 저주 마
법을 피하며 큰 소리로 낄낄대는 피브스를 빼면 누구와도
마주치지 않았다. 피브스마저 사라지자 복도에는 침묵이
내려앉았다. 통행금지 시간까지 겨우 15분 남은 상황에서
학생들은 대부분 이미 각자의 휴게실로 돌아간 뒤였다.

그때 해리의 귀에 한 줄기 비명과 쾅 하는 굉음이 들렸
다. 그는 멈춰 서서 귀를 기울였다.

"어떻게…… 감히…… 네가…… 아아아아아악!"

소리는 근처 복도에서 들려오고 있었다. 해리는 마법 지
팡이를 꺼내 들고 소리가 들리는 곳으로 쏜살같이 달려갔
다. 모퉁이를 돌아서 돌진하던 그는 트릴로니 교수가 바닥
에 큰대자로 널브러져 있는 것을 발견했다. 평소 겹겹이

52

두르고 다니는 숄 가운데 하나가 그녀의 머리에 덮여 있고, 옆에는 셰리주 병 몇 개가 놓여 있었는데 그중 하나는 깨져 있었다.

"교수님."

해리는 얼른 앞으로 달려가 트릴로니 교수를 일으켜 세웠다. 반짝거리는 구슬 장식 줄 몇 가닥이 그녀의 안경에 얽혀 있었다. 트릴로니 교수는 큰 소리로 딸꾹질을 하더니 머리를 툭툭 매만지면서, 자신을 부축해 주는 해리의 팔을 잡고 일어섰다.

"무슨 일이에요, 교수님?"

"아주 잘 물었다!" 그녀가 날카롭게 말했다. "나는 우연히 살짝 목격하게 된 어떤 어둠의 징후에 대해 생각하며 산책을 하고 있었는데……."

하지만 해리는 그녀의 말에 별 관심을 기울이지 않았다. 이곳이 어딘지 방금 깨달았던 것이다. 오른쪽에는 발레를 하는 트롤 태피스트리가 있었고, 왼쪽에는 난공불락의 매끄러운 돌벽이 펼쳐져 있었는데, 그 뒤에 숨겨져 있는 것은 분명…….

"교수님, 필요의 방에 들어가려고 하신 건가요?"

"……나에게 계시된 조짐들이…… 뭐?"

그녀는 갑자기 뭔가 찔리는 것 같은 표정을 지었다.

"필요의 방요." 해리가 다시 말했다. "거기 들어가려고 하셨어요?"

"나는…… 그러니까…… 학생들이 그 방을 알고 있을 줄은……."

"모두가 아는 건 아니에요." 해리가 말했다. "근데 무슨 일이 있었어요? 비명을 지르셨잖아요. 다치신 것 같은데……."

"난…… 그러니까……." 트릴로니 교수는 방어적으로 숄을 끌어당겨 단단히 여미더니 큼직하게 확대된 눈으로 그를 내려다보며 말을 이었다. "나는…… 아…… 어떤…… 음…… 개인적인 물건을 그 방에 두려고 했단다……." 그러고는 "추잡한 비난" 어쩌고 하면서 중얼거렸다.

"그러셨군요." 해리는 셰리주 병들을 힐끔 내려다보며 말했다. "하지만 그 방에 들어가서 숨기실 수가 없었던 건가요?"

정말 이상한 일이었다. 어쨌거나 필요의 방은 해리가 혼혈 왕자의 책을 숨기려고 했을 때는 순순히 문을 열어 주었던 것이다.

"아, 들어가기는 잘 들어갔단다." 트릴로니 교수가 벽을 쏘아보며 말을 이었다. "하지만 누가 이미 그 안에 있었어."

"누가 있었다고요……? 누가요?" 해리가 물었다. "누가 있었는데요?"

"전혀 모르겠구나." 트릴로니 교수가 해리의 목소리에 깃든 다급한 기색에 살짝 놀란 표정을 지으며 말했다. "방에 들어갔더니 어떤 목소리가 들렸어. 전에는 한 번도 이런 일이 없었단다. 그 오랜 세월 그곳에 물건을 숨겨…… 아니, 그 방을 이용해 왔는데 말이야."

"목소리를 들었다고 하셨죠? 뭐라고 하던가요?"

"무슨 말을 하기는 한 건지 잘 모르겠구나." 트릴로니 교수가 말했다. "그 목소리는…… 와 하고 함성을 지르고 있었어."

"함성을 지르고 있었다고요?"

"잔뜩 신이 난 목소리로." 그녀가 고개를 끄덕이며 덧붙였다.

해리가 그녀를 빤히 바라보았다.

"남자였어요, 여자였어요?"

"잘은 모르겠지만 남자 같았어." 트릴로니 교수가 말했다.

"게다가 기뻐하는 목소리였다고요?"

"기뻐서 어쩔 줄 모르는 목소리였단다." 트릴로니 교수가 코웃음을 치며 말했다.

"뭔가를 축하하는 것처럼요?"

"그래, 확실히."

"그런 다음에는……?"

"그런 다음에 내가 '거기 누구예요?'라고 소리쳤지."

"물어보지 않고도 누군지 아실 수는 없었나 보군요?" 해리는 약간 실망해서 그렇게 물었다.

"내 내면의 눈은" 하고, 트릴로니 교수가 숄과 반짝거리는 구슬이 주렁주렁 매달린 줄을 똑바로 하면서 위엄 있게 말했다. "함성을 내지르는 목소리 같은 그런 세속적인 영역을 훨씬 벗어난 곳을 응시하고 있단다."

"네." 해리는 얼른 대꾸했다. 트릴로니 교수가 가지고 있다는 내면의 눈에 대해 듣는 것도 이제 지겨웠다. "그럼 그 목소리가 누구인지 말하던가요?"

"아니, 그러지 않았단다." 그녀가 말했다. "모든 것이 칠흑처럼 캄캄해지더니, 다음 순간엔 내가 방 밖으로 곤두박질치고 있지 뭐니!"

"그런데 그렇게 될 걸 미리 못 보셨던 거예요?" 해리는 참지 못하고 그렇게 물었다.

"그래, 못 봤단다. 아까도 말했지만 칠흑처럼……." 그녀는 말을 멈추고 뭔가 수상쩍다는 듯 해리를 노려보았다.

"덤블도어 교수님한테 말씀드리시는 게 좋을 것 같아요." 해리가 말했다. "말포이가…… 그러니까, 교수님을 밖으로 내동댕이친 누군가가 뭔가를 축하하고 있다는 사실을 덤블도어 교수님도 아셔야 하니까요."

놀랍게도 트릴로니 교수는 이 제안에 도도한 표정을 지으며 자세를 가다듬었다.

"교장 선생님은 내가 당신을 좀 덜 찾아왔으면 하는 뜻을 넌지시 밝히셨단다." 그녀가 싸늘한 어조로 말했다. "나는 나와 함께하는 시간을 소중하게 여기지 않는 사람에게 억지로 그러라고 강요하는 사람이 아니야. 덤블도어 교수님이 내 카드가 보여 주는 경고를 무시하기로 했다면……."

뼈마디가 두드러진 그녀의 손이 해리의 손목을 덥석 잡았다.

"거듭 카드를 펼쳐 봐도……."

그녀가 숄 아래에서 과장된 몸짓으로 카드 한 장을 꺼냈다.

"……번개 맞은 탑이 나온단다." 그녀가 작은 소리로 속삭였다. "재앙이야. 재난이라고. 계속 점점 가까워지고 있어……."

"그렇군요." 해리가 다시 말했다. "음…… 그래도 제 생각엔 덤블도어 교수님한테 조금 전에 들으신 그 목소리랑 모든 것이 캄캄해졌다는 얘기랑 방 밖으로 팽개쳐졌다는 얘기를 하셔야 할 것 같아요."

"그렇게 생각하니?" 트릴로니 교수는 잠깐 그 문제에 대해 생각해 보는 듯했지만, 해리가 보기에 그녀는 자신이 겪은 이 사소하지만 희한한 사건을 누군가에게 들려준다는 생각을 마음에 들어 하는 게 틀림없었다.

"저는 지금 교장 선생님을 뵈러 가는 길이었어요." 해리가 말했다. "교장 선생님이랑 약속이 있거든요. 같이 가면 되겠네요."

"아 뭐, 그렇다면야." 트릴로니 교수가 빙긋 웃으며 말했다. 그녀는 허리를 구부려 셰리주 병들을 집어, 근처 벽감 안에 서 있던 파란색과 하얀색이 섞인 커다란 꽃병 안에 인정사정없이 던져 버렸다.

"네가 내 수업을 듣던 때가 그립구나, 해리." 함께 덤블도어 교수의 연구실을 향해 걷기 시작하면서 그녀가 진심을 담아 말했다. "너는 결코 예언자의 자질을 갖추진 않았지만…… 그래도 훌륭한 예언 대상이었단다……."

해리는 대꾸하지 않았다. 트릴로니 교수가 계속해 대는

파멸의 예언을 듣는 것도 이제는 넌더리가 났다.

"유감이지만⋯⋯." 그녀가 말을 이었다. "그 짐말⋯⋯ 아니, 미안하구나. 그 켄타우로스 말이야, 그자는 카드점에 대해서는 아무것도 몰라. 내가 예언자 대 예언자로서 그자에게 다가오는 대재앙의 아득한 떨림이 느껴지느냐고 물어봤단다. 하지만 그자는 그런 날 우스꽝스럽게 생각하는 것 같았어. 그래, 우스꽝스럽게 말이야!"

그녀의 목소리가 신경질적으로 높아졌다. 병을 버리고 왔는데도 해리는 셰리주의 강렬한 향이 훅 끼쳐 오는 것을 느꼈다.

"아마 그 짐말은 내가 고조할머니의 재능을 물려받지 못했다고 사람들이 떠들어 대는 소리를 들었겠지. 나를 향한 질투 때문에 그 소문은 아주 오랫동안 사람들의 입방아에 오르내렸단다. 내가 그런 사람들에게 뭐라고 말하는지 아니, 해리? 내가 내 재능을 증명해 보이지 못했더라면 덤블도어 교수님이 나를 이 위대한 학교에서 학생들을 가르치도록 놔뒀겠느냐고, 그 오랜 세월 동안 나를 신뢰했겠느냐고 말한단다!"

해리는 뭔가 알아들을 수 없는 말을 웅얼거렸다.

"나는 덤블도어 교수님과 처음 만나 면접 봤던 날을 똑똑히 기억해." 트릴로니 교수가 목이 메는 소리로 말을 이었다. "당연히 그분은 굉장히 감명받으셨지. 깊은 감동을 받으셨단다……. 나는 호그스 헤드에 머물고 있었어. 말이 나와서 하는 얘기지만 별로 추천할 만한 곳은 아니야. 침대에 빈대가 있단다, 얘야……. 하지만 숙박비가 쌌으니까. 덤블도어 교수님은 여관방까지 나를 직접 찾아오는 예의를 보여 주셨단다. 그리고 내게 질문을 던지셨지……. 솔직히 말해서 처음에 그분은 점술에 대해 그리 우호적이지 않은 것처럼 보였어……. 그러다가 내 몸 상태가 약간 이상해졌던 게 기억나는구나. 그날 먹은 게 별로 없었거든……. 그러다가……."

해리는 이제야 처음으로 트릴로니 교수의 말에 귀를 기울였다. 그때 무슨 일이 벌어졌는지 알고 있기 때문이었다. 그날 트릴로니 교수는 해리의 인생을 송두리째 바꿔 놓은 예언을 했다. 그와 볼드모트에 관한 예언을.

"……하지만 그때 무례하게도 세베루스 스네이프가 우리를 방해했단다!"

"뭐라고요?"

"그렇다니까. 밖에서 소동이 일어나는가 싶더니 문이 벌컥 열리더구나. 거기에 그 상스러운 바텐더가 스네이프와 같이 서 있었어. 스네이프는 계단에서 길을 잘못 들었다고 장황한 변명을 늘어놓았지. 내가 보기에는 유감스럽게도 내가 덤블도어 교수님과 면접 보는 걸 엿듣다가 들킨 것 같았지만 말이야. 그게, 당시에는 스네이프도 일자리를 찾고 있었으니까. 틀림없이 뭔가 힌트라도 얻고 싶었던 거겠지! 뭐, 그런 다음에는 뭐랄까, 덤블도어 교수님이 내게 일자리를 주기로 마음을 굳히신 것 같더구나. 나는, 해리, 그 까닭이 기꺼이 열쇠 구멍에 귀를 대고 엿들을 정도로 무모하고 주제넘는 젊은이에 비해 내 겸손한 태도와 점잖은 재능이 돋보였기 때문이라고 생각할 수밖에 없어. ……해리, 애야?"

그녀는 해리가 더 이상 곁에 있지 않다는 사실을 그제야 깨닫고 어깨 너머를 돌아보았다. 해리가 걷다가 우뚝 멈춰 서는 바람에 이제 그들은 서로 3미터 거리를 두고 떨어져 있었다.

"해리?" 그녀가 머뭇거리며 다시 불렀다.

트릴로니 교수가 그토록 걱정스럽고 겁먹은 표정을 지은 걸 보면 해리의 얼굴이 하얗게 질려 있었던 모양이다. 해리는 충격의 파도가 몸을 휩쓰는 와중에 꼼짝도 하지 않고 그 자리에 서 있었다. 파도가 연달아 밀려오면서, 너무나 오랫동안 모르고 있었던 한 가지 사실을 제외한 모든 것을 쓸어내 버렸다.

그 예언을 엿들은 사람은 다름 아닌 스네이프였다. 그 예언을 볼드모트에게 전달한 자가 바로 스네이프였다. 스네이프와 피터 페티그루가 볼드모트로 하여금 릴리와 제임스와 그들의 아들을 쫓도록 만들었다…….

지금 이 순간 해리에게는 그 밖에 다른 무엇도 중요하지 않았다.

"해리?" 트릴로니 교수가 다시 그를 불렀다. "해리, 우리 함께 교장 선생님을 만나러 가는 줄 알았다만?"

"교수님은 여기 계세요." 해리가 얼얼한 입술을 움직여 말했다.

"하지만, 얘야…… 나는 교장 선생님께 내가 필요의 방에서 어떻게 공격당했는지 말씀드리……."

"여기 계시라고요!" 해리가 화를 내며 되풀이했다.

해리는 깜짝 놀란 표정의 트릴로니를 지나쳐 모퉁이를 돌아 덤블도어의 연구실로 달려갔다. 연구실이 있는 복도로 접어드니 가고일 한 마리가 보초를 서고 있었다. 해리는 가고일에게 암호를 외치고, 움직이는 나선형 계단을 한 번에 세 칸씩 올라갔다. 그는 덤블도어의 연구실 문을 얌전히 두드리지 않았다. 부술 듯이 주먹으로 쾅쾅 두드렸다. "들어오세요"라고 답하는 침착한 목소리가 들려왔을 때 해리는 이미 연구실 안으로 뛰어들어 간 뒤였다.

불사조 폭스가 고개를 돌려 그를 바라보았다. 폭스의 빛나는 검은색 눈이 창문 너머로 드리워진 황금빛 저녁놀을 반사하며 반짝거렸다. 덤블도어는 창가에 서서 교정을 내다보고 있었다. 팔에는 검은색 긴 여행용 망토가 들려 있었다.

"그래, 해리. 같이 가기로 약속했었지."

해리는 잠시 그 말이 무슨 뜻인지 이해하지 못했다. 좀 전에 트릴로니 교수와 나눴던 대화가 그의 머릿속에서 모든 것을 몰아냈다. 뇌가 아주 천천히 움직이는 것만 같았다.

"같이…… 간다고요……?"

"물론 네가 가고 싶다면 말이다."

"제가 가고 싶다면……."

그제야 해리의 머릿속에 애초에 자신이 왜 덤블도어의 연구실로 신나게 달려왔는지가 떠올랐다.

"찾으셨어요? 호크룩스를 찾으신 건가요?"

"그런 것 같구나."

해리의 마음속에서 분노와 원통함이 충격과 흥분에 맞

서 싸웠다. 해리는 한동안 아무 말도 할 수 없었다.

"두려운 게 당연하다." 덤블도어가 말했다.

"전 두렵지 않아요!" 해리가 곧바로 소리쳤다. 그것은 틀림없는 사실이었다. 지금 그가 느끼는 감정 가운데 공포는 전혀 없었다. "어떤 호크룩스인데요? 어디에 있어요?"

"어떤 것인지는 나도 확신할 수 없다. 뱀은 확실히 아닌 것 같다만. 다만 이곳에서 수 킬로미터 떨어져 있는 해변 동굴 안에 숨겨져 있는 것 같구나. 내가 아주 오랫동안 찾으려고 애썼던 동굴이지. 한때 고아원 연례행사로 여행을 갔을 때 톰 리들이 두 아이에게 겁을 줬던 그 동굴이란다. 기억나니?"

"네." 해리가 대답했다. "어떤 방법으로 보호되고 있죠?"

"나도 잘 모르겠다. 짐작은 가지만 완전히 틀렸을지도 모르니." 덤블도어는 잠깐 망설이다가 다시 입을 열었다. "해리, 나는 널 데려가겠다고 약속했고 그 약속을 지키려고 한다만, 이 일이 극도로 위험할 수도 있다는 경고를 하지 않을 수가 없구나."

"저는 갈 거예요." 해리는 덤블도어가 말을 채 마치기도 전에 그렇게 말했다. 스네이프를 향한 분노가 끓어오르는 가운데, 뭔가 무모할 만큼 위험한 일을 하고 싶다는 욕망이 조금 전보다 열 배는 더 강렬해져 있었다. 해리의 얼굴에 그런 마음이 드러난 모양이었다. 덤블도어는 창가에서 떨어져 해리를 더욱 자세히 살펴보았다. 그의 은빛 눈썹사이가 살짝 주름졌다.

"무슨 일 있었니?"

"아무 일도 없었어요." 해리는 재빨리 거짓말을 했다.

"어째서 기분이 상했지?"

"기분 안 상했는데요."

"해리, 너는 결코 오클루먼시에 능했던 적이 없⋯⋯."

그 말이 불꽃이 되어 해리의 분노에 불을 지폈다.

"스네이프 때문이에요!" 그가 버럭 소리를 지르자 등 뒤에서 폭스가 부드럽게 울었다. "무슨 일이 있었냐고요? 스네이프요! 스네이프가 볼드모트한테 예언 이야기를 전했어요. 스네이프였다고요. 스네이프가 문밖에서 엿들었다고 트릴로니 교수님이 저한테 말해 줬어요!"

덤블도어는 표정 하나 바뀌지 않았지만 해리는 지는 해가 드리우는 핏빛 노을 속에서 그의 얼굴이 하얗게 질리는 것 같은 느낌을 받았다. 덤블도어는 한참 동안 아무 말도 하지 않았다.

"언제 알게 됐느냐?" 마침내 그가 물었다.

"방금요!" 고함을 지르고 싶은 마음을 가까스로 참고 있던 해리가 말했다. 그러다가, 돌연, 그는 더 이상 참을 수 없어졌다. **"그런데도 교수님은 그 인간이 여기서 교수 노릇을 할 수 있게 해 줬어요. 그 인간이 볼드모트한테 우리 엄마 아빠를 쫓으라고 말했는데!"**

해리는 한바탕 싸움이라도 한 것처럼 격하게 숨을 몰아쉬며, 그때까지도 손가락 하나 움직이지 않고 있는 덤블도어에게서 홱 돌아서서 연구실 안을 왔다 갔다 했다. 꽉 주먹 쥔 손을 문지르면서 마지막 남은 인내심까지 끌어내 주위의 물건들을 마구 때려 부수고 싶은 마음을 억눌렀다. 그는 덤블도어에게 화를 내고 분노를 터뜨리고 싶었지만, 한편으로는 그와 같이 가서 호크룩스를 파괴하고 싶었다. 그는 덤블도어에게 스네이프를 믿다니 정말 어리석은 늙은이라고 소리치고 싶었지만, 그러다가 덤블도어가 그를 데려가지 않으면 어떡하나 하는 생각에 두렵기도 했다.

"해리." 덤블도어가 조용히 입을 열었다. "부디 내 말을 들어 다오."

마구 발을 구르며 돌아다니지 않는 것은 고함을 지르지 않고 참는 것만큼이나 어려운 일이었다. 해리는 입술을 깨물고 잠시 멈춰 서서 덤블도어의 주름 가득한 얼굴을 똑바로 바라보았다.

"스네이프 교수가 저지른 실수는 끔찍한……."

"실수라고 하지 마세요, 교수님. 그자는 문밖에서 엿듣고 있었다고요!"

"내가 말을 마치게 해 다오." 덤블도어는 해리가 짧게 고개를 끄덕일 때까지 기다렸다가 말을 이었다. "스네이프 교수는 끔찍한 실수를 저질렀다. 트릴로니 교수가 한 예언의 앞부분을 들었던 그날 밤에도 그는 아직 볼드모트 경을 위해 일하고 있었어. 당연히 그는 자기가 들은 얘기를 서둘러 주인에게 전했지. 자기 주인과 굉장히 깊은 연관이 있는 이야기였으니까. 하지만 그는 몰랐단다. 알 수도 없었지. 그 이후로 볼드모트가 쫓게 될 소년이 누구인지도 몰랐고, 살인을 저지르러 나선 과정에서 볼드모트가 파멸시키게 될 부모가 스네이프 교수 자신이 아는 사람들이라는 것도 몰랐다. 스네이프는 그 사람들이 네 어머니와 아버지라는 걸 몰랐어."

해리는 아무런 기쁨도 담기지 않은 웃음을 고함처럼 내뱉었다.

"그자는 시리우스를 증오했던 만큼 우리 아빠도 증오했어요! 모르셨어요, 교수님? 스네이프가 증오하는 사람들은 대체로 죽던데요!"

"볼드모트 경이 그 예언을 어떻게 해석했는지를 알고 스네이프 교수가 얼마나 후회했는지 너는 전혀 모른다, 해리. 나는 그것이 스네이프 교수 평생의 가장 큰 회한이자 그가 돌아선 이유라고 믿는……."

"하지만 그자는 아주 솜씨 좋은 오클루먼스잖아요. 안 그런가요, 교수님?" 해리가 말했다. 목소리를 침착하게 유지하려 애썼지만 오히려 더 떨렸다. "게다가 볼드모트는 지금까지도 스네이프가 자기편이라고 믿고 있지 않나요? 교수님…… 어떻게 스네이프가 우리 편이라고 확신하실 수가 있죠?"

덤블도어는 잠깐 동안 아무 말도 하지 않았다. 그의 얼굴은 뭔가에 대해 마음을 정하려고 애쓰는 것처럼 보였다. 마침내 그가 입을 열었다. "나는 확신한다. 나는 세베루스 스네이프를 완벽하게 신뢰한다."

해리는 마음을 가라앉히려고 잠시 심호흡을 했다. 아무런 효과도 없었다.

"뭐, 전 그렇게 못 하겠는데요!" 그가 조금 전처럼 큰 소리로 말했다. "그자는 지금 이 순간에도 드레이코 말포이랑 뭔가를 꾸미고 있어요. 교수님 코앞에서요. 그런데도 교수님은……."

"우리는 이 문제에 대해 이미 이야기를 끝냈다, 해리."
덤블도어가 말했다. 이제 그의 목소리는 다시 완고해져 있
었다. "너에게 내 생각을 이야기해 줬지."

"교수님은 오늘 밤에 학교를 떠나실 거잖아요. 교수님은
스네이프와 말포이가 무슨 짓을 할 작정인지 꿈에도 생각
못 하시고……."

"무슨 짓을 한다는 게냐?" 덤블도어가 눈썹을 치켜올리
며 물었다. "넌 두 사람이 정확히 뭘 하고 있다고 의심하는
거지?"

"저는…… 그 둘은 뭔가를 꾸미고 있어요!" 해리가 말했
다. 그 말을 하면서 그는 두 주먹을 불끈 쥐었다. "트릴로
니 교수님이 방금 필요의 방에 들어갔었어요. 셰리주 병을
숨기려고요. 그리고 거기서 말포이가 환호성을 지르며 기
뻐하는 소리를 들었대요! 그 녀석은 필요의 방에서 뭔가
위험한 걸 고치려 하고 있었단 말이에요. 제 생각에 말포
이는 결국 그 물건을 고쳤고, 교수님은 그런 상황에서 학
교를 비우시려는……."

"그만하면 됐다." 덤블도어가 말했다. 덤블도어의 목소
리는 상당히 담담했지만 해리는 곧바로 입을 다물었다. 그

는 자신이 결국 보이지 않는 선을 넘었다는 사실을 깨달았다. "넌 내가 이번 학기에 학교를 비울 때마다 단 한 번이라도 학교를 무방비 상태로 놔둔 적이 있을 거라고 생각하느냐? 절대로 그런 적 없다. 오늘 밤 내가 학교를 떠나면 또 한 번 추가적인 보호조치가 취해질 게다. 부디 내가 학생들의 안전을 진지하게 생각하지 않는다는 식으로는 말하지 말아 다오, 해리."

"전 그런 게 아니라……." 해리가 약간 당황해서 웅얼거렸지만 덤블도어는 그의 말을 잘랐다.

"이 문제에 대해서는 더 이야기하고 싶지 않구나."

해리는 자신이 선을 지나치게 넘은 것일까 봐, 그래서 덤블도어와 함께 갈 기회를 놓쳤을까 봐 두려워하며 말대꾸하고 싶은 마음을 꾹 참았다. 하지만 그때 덤블도어가 말을 이었다. "오늘 밤 나와 함께 가고 싶으냐?"

"네." 해리는 대번에 대답했다.

"그럼 좋다. 내 말 잘 들거라."

덤블도어는 몸을 꼿꼿이 폈다.

"그 대신 한 가지 조건이 있다. 너는 내가 어떤 지시를 내리더라도 아무런 질문 없이 그 말에 따라야 한다."

"물론이죠."

"내 말을 명확히 이해해야 한다, 해리. 내 말은 '도망쳐라', '숨어라,' 혹은 '돌아가라' 같은 지시까지도 따라야 한다는 뜻이다. 약속하겠느냐?"

"전…… 네, 당연히 따를게요."

"내가 숨으라고 하면 그렇게 하겠느냐?"

"네."

"내가 도망치라고 하면 따르겠느냐?"

"네."

"나를 버리고 네 목숨을 건지라고 하면, 그 말대로 하겠느냐?"

"전……."

"해리?"

그들은 잠시 서로를 바라보았다.

"네, 교수님."

"좋다. 그럼 가서 네 투명 망토를 가지고 5분 뒤에 현관 홀에서 만나자꾸나."

덤블도어는 다시 몸을 돌려 불타는 듯한 창밖을 내다보았다. 이제 태양은 지평선 위에서 루비처럼 붉게 빛났다. 해리는 재빨리 연구실을 나와 나선형 계단을 내려갔다. 머릿속이 갑자기 이상할 정도로 맑아졌다. 그는 자신이 뭘 해야 할지 알았다.

 그가 휴게실로 돌아갔을 때는 론과 헤르미온느가 함께 앉아 있었다. "덤블도어 교수님이 뭐라셔?" 헤르미온느가 곧바로 물었다. "해리, 너 괜찮아?" 그녀가 걱정스러운 듯 덧붙였다.

 "괜찮아." 해리는 짤막하게 대답하고 빠르게 그들을 지나쳤다. 그는 허겁지겁 계단을 올라가 침실로 들어가서 짐 가방을 열고 도둑 지도와 돌돌 말아 놓은 양말 한 켤레를 꺼냈다. 그런 다음 빠르게 계단을 내려와 휴게실을 달려가다가, 놀란 얼굴로 멍하니 앉아 있는 론과 헤르미온느 앞에 끽 멈춰 섰다.

 "시간이 별로 없어." 해리가 헐떡이며 말했다. "덤블도어 교수님은 내가 투명 망토를 챙기고 있다고 생각해서. 내 말 잘 들어……."

 그는 자신이 무슨 일로 어디에 가는지를 그들에게 빠르게 설명해 주었다. 헤르미온느가 겁에 질려 숨을 들이켤 때도, 론이 다급히 질문을 던질 때도 말을 멈추지 않았다. 더 자세한 내용은 두 사람이 나중에 스스로 알아낼 수 있을 것이다.

 "……그러니까 이게 뭘 뜻하는지 너희도 알지?" 해리는 단숨에 말을 맺었다. "덤블도어 교수님은 오늘 밤 여기 안 계셔. 그러니까, 뭘 꾸미고 있는지는 모르겠지만 말포이는 아무런 방해도 받지 않고 그 일을 또 한 번 시도하려고 할 거야. 아니, *내 말 들어!*" 론과 헤르미온느 모두 말을 끊으려는 기색을 보이자 그는 화를 내며 식식댔다. "필요의 방에서 환호성을 지르고 있었던 사람이 말포이라는 걸 난 확실히 알아. 여기……." 그는 도둑 지도를 헤르미온느의 손에 쥐여 주었다. "그 녀석도 지켜보고 스네이프도 지켜봐야 해. D.A.에서 모을 수 있는 애들은 모두 동원해. 헤르미온느, 그때 썼던 연락용 갈레온 아직 작동하는 거지? 덤블도어 교수님은 학교에 추가적인 보호조치를 취할 거라고 하셨지만 스네이프가 개입한다면 덤블도어 교수님이 어떤 보호조치를 해 놨는지, 그걸 어떻게 피할 수 있는지 다 알 거야. 하지만 너희가 지켜보고 있을 거라고는 예상 못 하겠지. 안 그래?"

"해리……." 헤르미온느가 겁에 질린 채 눈을 휘둥그렇게 뜨고 입을 열었다.

"말싸움할 시간 없어." 해리는 딱 잘라 말했다. "이것도 받아." 그는 론의 손에 양말을 쥐여 주었다.

"고마워." 론이 말했다. "어…… 근데 나한테 양말이 왜 필요한데?"

"그 양말에 싸여 있는 게 필요한 거야. 펠릭스 펠리시스거든. 너희랑 지니랑 나눠 써. 지니한테는 나 대신 작별 인사 전해 주고. 가 봐야겠다. 덤블도어 교수님이 기다리고 계셔."

"안 돼!" 론이 경이감에 사로잡힌 얼굴로 황금색 마법약이 들어 있는 작디작은 병을 꺼내자 헤르미온느가 소리쳤다. "저건 우리한테 필요한 게 아니야. 네가 가져가. 무슨일을 맞닥뜨리게 될지 모르잖아."

"난 괜찮을 거야. 덤블도어 교수님이랑 같이 가니까." 해리가 말했다. "너희가 무사하다는 걸 확실히 하고 싶어서 그래……. 그런 표정 짓지 마, 헤르미온느. 나중에 보자……."

그리고 그는 몸을 돌리고 다급히 초상화 구멍을 나가 현관홀로 향했다.

덤블도어가 오크나무 정문 앞에서 기다리고 있었다. 해리가 거칠게 숨을 헐떡이며 결리는 옆구리를 붙잡고 미끄러지듯 돌계단 앞에 다다르자 그가 돌아보았다.

"망토를 써 다오." 덤블도어가 말했다. 그는 해리가 투명망토를 뒤집어쓸 때까지 기다렸다. "좋아. 그럼 가 볼까?"

덤블도어는 곧바로 돌계단을 내려가기 시작했다. 그의 여행용 망토는 고요한 여름 공기 속에서 거의 흔들리지도 않았다. 해리는 투명 망토를 뒤집어쓴 채, 여전히 숨을 헐떡이고 땀을 뻘뻘 흘리면서 서둘러 그 뒤를 따랐다.

"그런데 교수님이 학교를 비우시는 걸 보면 사람들이 뭐라고 생각할까요?" 해리가 물었다. 말은 '사람들'이라고 했지만 말포이와 스네이프를 염두에 둔 질문이었다.

"호그스미드로 술 한잔하러 가는 거라고 생각할 게다." 덤블도어가 가볍게 말했다. "난 어쩔 때는 로즈메르타 씨네 가게를 이용하고 또 어쩔 때는 호그스 헤드에 들르거든. ……아니, 그러는 척하기도 하지. 진짜 목적지를 감추는 데는 무엇보다 잘 통하는 방법이다."

그들은 땅거미가 지는 가운데 교문 밖으로 향했다. 공기에는 따뜻한 풀 냄새와 호수 냄새, 해그리드의 오두막 쪽에서 풍겨 오는 나무 타는 연기 냄새가 가득 배어 있었다. 위험하거나 두려운 무언가를 향해 가고 있다는 것이 도무지 실감나지 않았다.

"교수님." 저 앞에 교문이 눈에 들어오자 해리가 조용히 입을 열었다. "순간이동을 할 건가요?"

"그래." 덤블도어가 말했다. "이제는 순간이동을 할 줄 알겠지?"

"네." 해리가 대답했다. "하지만 면허는 없어요."

그는 솔직하게 대답하는 것이 최선이라고 느꼈다. 지금 가려는 곳에서 100킬로미터 넘게 떨어진 장소에 나타나는 바람에 일을 다 망쳐 버리면 어떡하겠는가?

"괜찮다." 덤블도어가 말했다. "이번에도 내가 도와주면 된다."

교문을 나선 그들은 호그스미드로 향하는, 노을이 지고 있는 인적 없는 길에 접어들었다. 걸어가는 동안 어둠이 빠르게 내렸고, 호그스미드의 큰길에 도착했을 때쯤에는 어김없이 밤이 밀려들고 있었다. 가게들 창문에서는 불빛이 반짝였고, 스리 브룸스틱스에 가까워지자 시끄러운 고함 소리가 들려왔다.

"……나가라고!" 로즈메르타 씨가 지저분한 행색의 남자 마법사를 내쫓으며 소리를 질렀다. "아, 안녕하세요, 알버스…… 늦은 시간에 오셨네요…….."

"안녕하신가, 로즈메르타. 멋진 저녁이군요……. 용서하시오, 호그스 헤드로 가는 길이라……. 기분을 상하게 할 생각은 아니지만 오늘 밤에는 좀 더 조용한 곳에 끌리는군요…….."

잠시 후 그들은 모퉁이를 돌아 옆 골목으로 접어들었다. 산들바람 한 점 불지 않는데도 호그스 헤드의 간판은 조금씩 삐걱거리고 있었다. 스리 브룸스틱스와는 딴판으로 이 술집은 텅 비어 있는 것처럼 보였다.

"굳이 들어갈 필요는 없단다." 덤블도어가 주위를 힐끔 둘러보며 중얼거렸다. "우리가 사라지는 걸 아무도 보지 않는 한은 말이지……. 이제 내 팔에 손을 얹거라, 해리. 너무 꽉 잡을 필요는 없다. 나는 그저 길을 안내해 주는 것뿐이니까……. 셋을 세도록 하마. 하나…… 둘…… 셋……."

해리는 제자리에서 획 돌았다. 곧 두꺼운 고무관 속을 통과하듯 온몸이 꽉 조이는 끔찍한 느낌이 엄습했다. 숨을 들이마실 수 없었고, 온몸 구석구석이 거의 견딜 수 없을 정도로 강하게 짓눌렸다. 이러다가 분명 숨 막혀 죽을 것 같다는 생각이 든 바로 그때, 그의 몸을 짓누르던 보이지 않는 고무관이 갑자기 터지는 듯했고, 다음 순간 그는 소금기 어린 신선한 공기를 폐 한가득 들이마시며 서늘한 어둠 속에 서 있었다.

26장

동굴

짭짤한 바다 냄새와 세찬 파도 소리가 밀려왔다. 가볍고 서늘한 산들바람이 달빛에 비친 바다와 별이 총총한 하늘을 바라다보는 해리의 머리카락을 흩뜨려 놓았다. 해리는 바다 위로 높이 솟아오른 검은색 바위 위에 서 있었다. 발 밑에서는 물이 거품을 일으키며 휘돌았다. 그는 어깨 너머를 힐끗 돌아보았다. 등 뒤로 형태를 알 수 없는 검은 절벽이 우뚝 솟아 있었다. 주위에는 해리와 덤블도어가 서 있는 곳과 같은 커다란 바윗덩어리가 몇 개 있었는데, 그것은 과거 어느 시점에 절벽 면에서 떨어져 나온 것처럼 보였다. 나무 한 그루, 풀밭이나 모래밭 한 조각 보이지 않는, 바다와 바위만으로 단조롭게 이루어진 황량하고 거친 풍경이었다.

"어떻게 생각하느냐?" 덤블도어가 물었다. 마치 이곳이 소풍하기에 괜찮은 장소인지 해리의 의견이라도 묻는 듯했다.

"고아원에서 애들을 이런 데 데려왔다고요?" 당일치기 여행을 할 아늑한 장소로 여기보다 못한 곳은 도저히 상상할 수 없었던 해리가 그렇게 물었다.

"정확히 여기는 아니었단다." 덤블도어가 말했다. "우리 뒤에 있는 절벽을 따라 얼마쯤 간 곳에 마을 같은 것이 있거든. 바닷바람도 좀 쐬고 파도 구경도 시켜 주려고 아이들을 거기로 데려갔던 것 같다. 아니, 이곳을 찾아온 건 톰 리들과 그의 어린 시절 희생자들뿐이었을 거야. 비범할 정도로 실력이 뛰어난 등산가라면 모를까, 머글들은 이 바위까지 올 수도 없을 거다. 배들도 저 절벽 가까이 갈 수 없지. 주변 물살이 너무 세서 위험하거든. 절벽을 기어 내려가는 리들의 모습이 눈앞에 그려지는구나. 밧줄보다는 마법이 더 도움이 됐겠지. 그리고 작은 아이들 둘을 데려갔을 게다. 아마 겁을 주면서 즐거움을 맛보려 했을 테지. 여기에 내려온 것만으로도 그 목적은 달성했을 것 같은데. 그렇지 않니?"

해리는 다시 절벽을 올려다보고 온몸에 소름이 돋는 것을 느꼈다.

"하지만 그자의 목적지이자 우리의 마지막 목적지는 여기서 조금 더 가야 한단다. 이리 오너라."

덤블도어는 해리를 바위 가장자리로 손짓해 불렀다. 그곳에는 들쭉날쭉한 틈새들이 이어져 있었는데, 거기에 발을 딛고 물에 반쯤 잠긴 커다란 바위들까지 내려가면 절벽에 좀 더 가까이 다가갈 수 있었다. 하지만 내려가는 길이 위험천만했다. 덤블도어는 쭈그러든 손 때문에 약간 어려움을 겪으며 천천히 움직였다. 아래쪽 바위들은 바닷물 때문에 미끄러웠다. 차갑고 짭짤한 바닷물이 얼굴에 흩뿌려지는 것이 느껴졌다.

"루모스." 절벽과 가장 가까운 바위에 이르렀을 때 덤블도어가 중얼거렸다. 해리가 움츠리고 있는 곳 몇 미터 아래서 수많은 황금색 빛줄기가 어두운 수면에 비쳐 어른거렸다. 그의 옆에 있는 캄캄한 바위벽도 환하게 밝혀졌다.

"보이느냐?" 덤블도어가 마법 지팡이를 좀 더 높이 들어 올리며 조용히 물었다. 절벽에 벌어진 틈으로 검은 물살이 소용돌이쳐 들어가는 것이 보였다.

"조금 젖어도 괜찮지?"

"네." 해리가 말했다.

"그럼 투명 망토를 벗거라. 지금은 필요 없으니까. 그런 뒤에 뛰어들자꾸나."

갑자기 덤블도어는 훨씬 더 젊은 사람처럼 민첩한 동작으로 바위에서 바다로 미끄러져 들어가더니 수영을 하기 시작했다. 그는 불 켜진 마법 지팡이를 입에 물고 완벽한 평영 자세를 선보이며 바위 표면의 어둡고 가느다란 틈새를 향해 헤엄쳐 갔다. 해리는 망토를 벗어서 주머니에 쑤셔 넣고 그 뒤를 따랐다.

물은 얼음장처럼 차가웠다. 물을 잔뜩 머금은 옷이 해리 주위에서 너울거리며 그를 밑으로 끌어당겼다. 숨을 깊이 들이마시자 소금과 해초 특유의 냄새가 양쪽 콧구멍을 가득 채웠다. 그렇게 해리는 이제 절벽 더 깊은 곳으로 이동하면서 점점 작아지고 있는 희미한 지팡이 불빛을 향해 헤엄쳐 갔다.

절벽의 갈라진 틈으로 들어가니 머잖아 어두운 터널이 이어졌다. 해리는 만조 때가 되면 그곳이 물로 가득 찰 거라는 사실을 알 수 있었다. 양쪽의 축축한 벽은 겨우 1미터 정도 간격을 두고 있었으며, 덤블도어의 마법 지팡이 빛이 잠깐씩 비칠 때면 젖은 타르처럼 희미하게 빛났다. 안으로 좀 더 들어가자 통로는 왼쪽으로 구부러졌고, 해리는 그 길이 절벽 깊은 곳까지 뻗어 있다는 것을 알아차렸다. 그는 덤블도어의 뒤를 따라서 계속 헤엄쳤다. 얼얼해진 손끝이 거칠고 축축한 바위를 스쳤다.

그때 저 앞에 있던 덤블도어가 일어서서 물 바깥으로 걸어 나가는 모습이 보였다. 그의 은빛 머리카락과 검은색 로브가 어른어른 빛났다. 뒤이어 도착한 해리는 커다란 동굴로 이어지는 계단을 발견했다. 그는 계단을 올라갔다. 흠뻑 젖은 옷에서 물이 줄줄 흘러내렸다. 이어 해리는 걷잡을 수 없이 몸을 떨면서 얼어붙을 것만 같은 고요한 공기 속으로 나왔다.

덤블도어가 동굴 한가운데에 서서 마법 지팡이를 높이 들고 있었다. 그는 제자리에서 천천히 돌면서 벽과 천장을 살펴보았다.

"그래, 여기가 맞구나." 덤블도어가 말했다.

"어떻게 아세요?" 해리가 나직이 물었다.

"마법이 닿은 곳이니까." 덤블도어가 간단히 말했다.

해리는 지금 몸이 떨리는 것이 등줄기를 파고드는 냉기 때문인지, 아니면 덤블도어와 마찬가지로 마법을 감지했기 때문인지 알 수 없었다. 그는 덤블도어가 계속 제자리에서 도는 모습을 지켜보았다. 그는 해리에게 보이지 않는 뭔가에 집중하는 게 분명했다.

"여기는 그저 들어가는 입구, 현관홀일 뿐이다." 잠시 후 덤블도어가 말했다. "안쪽 공간을 지나가야 한다……. 이 제부터 우리의 앞길을 방해하는 것들은 자연이 만든 장애물이라기보다는 볼드모트 경의 장애물이야."

덤블도어는 동굴 벽으로 다가가더니 해리가 알아들을 수 없는 이상한 말을 중얼거리면서 검게 변한 손가락 끝으로 그 벽을 어루만졌다. 그는 거친 바위를 가능한 한 넓게 건드리면서, 가끔씩 멈춰서 특정한 지점에 대고 손가락을 앞뒤로 쓸기도 하며 두 차례에 걸쳐 동굴을 바짝 붙어 돌다가 마침내 걸음을 멈추고 손을 동굴 벽 어느 지점에 대고 지그시 눌렀다.

"여기다." 그가 말했다. "이곳을 지나가야겠다. 입구가 숨겨져 있구나."

해리는 덤블도어에게 어떻게 알았느냐고 묻지 않았다. 마법사가 이런 식으로 그저 보고 만져서 뭔가를 알아내는 모습을 한 번도 본 적이 없었지만, 큰 소리를 내고 연기를 피우는 건 능수능란하기보다 실력이 부족한 탓이라는 사실은 이미 오래전에 배웠다.

덤블도어는 동굴 벽에서 물러나 마법 지팡이로 바위를 가리켰다. 잠깐 동안 그 자리에 선이 나타나 아치 모양을 그리더니 금이 간 틈새로 강렬한 빛이 쏟아져 나오는 것처럼 하얗게 빛났다.

"해, 해내셨군요!" 해리가 이를 딱딱 부딪치면서 말했다. 하지만 그 말이 입술 밖으로 튀어나가기도 전에 선은 사라져 버렸고, 눈앞에는 조금 전처럼 아무것도 없는 단단한 바위만 있을 뿐이었다. 덤블도어가 해리를 돌아보았다.

"해리, 미안하구나. 깜빡 잊었다." 덤블도어가 말했다. 그가 해리에게 마법 지팡이를 겨누자, 해리의 옷은 곧바로 타오르는 불 앞에 걸어 놓은 것처럼 따뜻하고 보송보송해졌다.

"고맙습니다." 해리가 고마움을 표시했지만 덤블도어는 이미 단단한 동굴 벽으로 관심을 돌린 뒤였다. 그는 더 이상 마법을 시도하지 않고 그냥 그 자리에 서서 마치 그곳에 뭔가 굉장히 흥미로운 글이라도 쓰여 있는 것처럼 바위 벽을 뚫어지게 바라보았다. 해리는 그저 가만히 서 있었다. 덤블도어의 집중을 방해하고 싶지 않았기 때문이다.

잠시 후, 2분이 통째로 지나고 나서야 덤블도어가 조용히 입을 열었다. "아, 그럴 리가. 너무 유치하군."

"왜 그러세요, 교수님?"

"내 생각에는" 하고, 덤블도어가 다치지 않은 손을 로브 안에 넣어 해리가 마법약 재료를 썰 때 사용하는 것 같은 은으로 된 단검을 꺼내며 말했다. "지나가려면 대가를 치르라고 요구하는 것 같구나."

"대가요?" 해리가 말했다. "문한테 뭔가를 줘야 한다고요?"

"그래." 덤블도어가 말했다. "내가 단단히 착각한 게 아니라면 피를 바쳐야 할 것 같다."

"피요?"

"유치하다고 말하지 않았느냐." 덤블도어가 경멸하듯 말했다. 볼드모트가 기대에 못 미치기라도 했다는 듯, 심지어 실망한 것처럼 들리는 목소리였다. "너도 분명 알아차렸겠지만, 이곳에 들어가려는 적이 스스로 자신의 힘을 약화시키도록 만들려는 심산인 게다. 이번에도 볼드모트 경은 육체의 부상보다 훨씬 끔찍한 것들이 많다는 사실을 이해하지 못했구나."

"네, 하지만 그래도 피할 수만 있다면……." 육체적 고통이라면 이미 겪을 만큼 겪었기에 더 이상의 고통은 원치 않았던 해리가 그렇게 말했다.

"그러나 가끔은 피할 수 없는 일이 있단다." 덤블도어가 로브 소매를 흔들어 젖히고 다친 손 쪽의 팔을 드러내며 말했다.

"교수님!" 덤블도어가 칼을 들어 올리자 해리가 다급히 앞으로 나서며 그를 말렸다. "제가 할게요, 제가……."

그는 무슨 말을 해야 할지 알 수 없었다. 자기가 더 젊기 때문이라고 해야 할까? 아니면 자기가 더 건강하다고? 하지만 덤블도어는 그냥 싱긋이 웃을 뿐이었다. 은빛 섬광이 번뜩이더니 짙은 붉은색 피가 솟구쳤다. 바위 표면에 번들거리는 검붉은 핏방울이 흩뿌려졌다.

"정말 친절하구나, 해리." 덤블도어가 자신의 팔에 낸 깊은 상처를 마법 지팡이 끝으로 가볍게 쓸며 말했다. 그러자 스네이프가 말포이의 부상을 치료해 줬을 때처럼 상처는 곧바로 아물었다. "하지만 네 피는 내 피보다 더 가치 있단다. 아, 이 방법이 통한 것 같구나. 안 그러니?"

은빛 윤곽선이 또 한 번 아치를 그리며 번뜩였지만 이번에는 조금 전처럼 사라지지 않았다. 선 안쪽의 피가 튄 바위가 조용히 사라지면서 온전한 어둠처럼 보이는 구멍을 드러냈다.

"나를 따라오면 될 게다." 덤블도어는 그렇게 말하더니,

황급히 자신의 마법 지팡이에 불을 밝히는 해리를 이끌고 아치문으로 걸어 들어갔다.

그들의 눈앞에 음산한 광경이 펼쳐졌다. 그들은 어둠에 휩싸인 거대한 호숫가에 서 있었는데, 호수가 얼마나 큰지 맞은편 기슭이 보이지 않을 정도였다. 휑뎅그렁한 동굴 천장 또한 눈에 보이지 않을 만큼 높았다. 저 멀리 호수 한가운데로 짐작되는 곳에서 녹색 불빛이 부옇게 빛나며 완벽히 고요한 호수 표면에 반사되었다. 오직 그 일렁이는 녹색 불빛과 두 개의 마법 지팡이에서 뿜어 나오는 빛만이 비단결 같은 암흑을 찢어 놓았다. 물론 그 빛도 해리가 기대하는 만큼 멀리까지 뻗어 나가지는 못했다. 이곳의 어둠은 어쩐지 보통의 암흑보다 밀도가 높았다.

"걷자꾸나." 덤블도어가 조용히 말했다. "발이 물에 닿지 않도록 조심해야 한다. 내 옆에서 떨어지지 말거라."

덤블도어가 호수 가장자리를 따라 걷기 시작하자 해리는 그 뒤를 바짝 따랐다. 호수를 둘러싸고 있는 좁은 바위 기슭을 걷자 철버덕거리는 발소리가 메아리쳤다. 그들은 계속 걸어갔지만 풍경은 달라질 기미를 보이지 않았다. 한쪽에는 거친 동굴 벽이 있고 다른 쪽에는 유리처럼 매끄러운 어둠이 끝을 모르고 펼쳐져 있었으며, 그 어둠 한복판에서는 수수께끼 같은 녹색 빛이 어른거렸다. 해리는 이곳의 고요함이 그를 숨 막히게 하고 기운을 빼앗아 간다고 느꼈다.

"교수님?" 마침내 해리가 입을 열었다. "여기에 호크룩스가 있다고 생각하세요?"

"아, 그렇고말고." 덤블도어가 말했다. "그래, 확실히 그렇게 생각한단다. 문제는 어떻게 그걸 손에 넣느냐지만."

"혹시…… 혹시 그냥 소환 마법을 써 볼 순 없을까요?" 해리는 확실히 멍청한 제안이라고 생각하면서도 그렇게 말했다. 하지만 가능한 한 빨리 이 장소를 벗어나고 싶은 마음이 너무도 간절했다.

"물론 해 볼 수는 있다." 덤블도어가 말하면서 워낙 갑작스럽게 멈춰 서는 바람에 해리는 하마터면 그에게 부딪칠 뻔했다. "네가 해 보는 건 어떠냐?"

"제가요? 어…… 네…….

이런 일은 결코 예상하지 못했지만, 해리는 목을 가다듬고 마법 지팡이를 높이 들어 올린 채 큰 소리로 외쳤다. "*아씨오 호크룩스!*"

폭발음 같은 소리와 함께, 6미터쯤 떨어진 캄캄한 물속에서 꽤 크고 허여멀건 뭔가가 튀어나왔다. 무엇인지 확인할 겨를도 없이 그것은 시끄럽게 첨벙 소리를 내며 다시 물속으로 사라졌다. 그 바람에 거울 같은 수면에 잔물결이 잔뜩 일었다. 해리는 깜짝 놀라서 뒤로 펄쩍 물러서다가 동굴 벽에 부딪쳤다. 고개를 돌려 덤블도어를 쳐다보는데 심장이 엄청난 기세로 계속 두근거렸다.

"그게 뭐였죠?"

"내 생각에는 우리가 호크룩스를 손에 넣으려고 시도하면 반응하도록 되어 있는 존재 같구나."

해리는 다시 호수를 바라보았다. 수면은 다시 한 번 검은 유리처럼 빛나고 있었다. 일렁이던 물결이 부자연스러울 만큼 빠르게 사라진 것이다. 하지만 해리의 심장은 아직도 두근거리고 있었다.

"저런 걸 예상하셨나요, 교수님?"

"호크룩스를 손에 넣으려는 명백한 시도를 하면 무슨 일이든 일어나긴 할 거라고 생각했다. 아주 좋은 생각이었다, 해리. 우리가 무엇을 마주하고 있는지 알 수 있는 가장 간단한 방법이었어."

"하지만 저게 뭔지 모르잖아요." 해리가 불길할 정도로 매끄러운 호수를 바라보며 말했다.

"저것들이 뭔지 모른다고 말해야겠지." 덤블도어가 말했다. "단 하나만 있을 거라는 생각은 별로 안 드는구나. 계속 걸을까?"

"교수님?"

"그래, 해리."

"호수 안으로 들어가야 할까요?"

"호수 안으로? 우리가 지독하게 운이 없다면 그래야겠지."

"호크룩스가 호수 밑바닥에 있을 거라고는 생각하지 않으시는 건가요?"

"물론 그렇단다……. 호크룩스는 호수 한가운데 있을 게다."

그러더니 덤블도어는 호수 한가운데서 빛나고 있는 부연 녹색 불빛을 가리켰다.

"그러니까 저걸 손에 넣으려면 호수를 건너가야겠네요?"

"그래, 그럴 것 같다."

해리는 아무 말도 하지 않았다. 그의 머릿속은 수중 괴물과 거대한 바다뱀, 악마, 켈피, 악령 같은 것들로 가득 차 있었다…….

"아하." 덤블도어가 짧게 내뱉더니 다시 멈춰 섰다. 해리는 이번엔 진짜로 그와 부딪치고 말았다. 해리가 잠깐 어두운 호수 가장자리에서 비틀거리자 덤블도어의 멀쩡한 손이 그의 팔을 움켜잡고 끌어당겼다. "정말 미안하구나, 해리. 경고를 했어야 했는데. 물러서서 벽에 등을 붙이고 있도록 해라. 그 장소를 찾은 것 같다."

해리는 덤블도어가 무슨 말을 하는지 도무지 알 수가 없었다. 그가 보기에는 그들이 지금 서 있는 어두운 기슭도 다른 곳들과 구분할 수 없을 만큼 똑같았지만 덤블도어는 여기서 뭔가 특별한 점을 발견한 듯했다. 이번에 덤블도어는 바위 벽이 아닌 허공을 손으로 쓸고 있었다. 마치 눈에 보이지 않는 무언가를 찾아 손에 쥐게 될 것처럼.

"오호." 잠시 후 덤블도어가 기쁨의 탄성을 내뱉었다. 허공을 더듬던 그의 손이 해리의 눈에는 보이지 않는 무언가를 움켜쥔 것이다. 덤블도어는 호수 쪽으로 더 가까이 다가갔다. 해리는 덤블도어의 쇠붙이 달린 신발 끝이 바위 기슭 가장자리에 아슬아슬하게 놓여 있는 모습을 초조한 마음으로 지켜보았다. 덤블도어는 한 손으로 허공을 계속 움켜쥔 채 다른 쪽 손으로 마법 지팡이를 들어 그 끝으로 자신의 주먹을 톡톡 두드렸다.

곧바로 구리줄 같은 두꺼운 녹색 사슬이 허공에 나타났

다. 덤블도어가 움켜쥐고 있는 그 사슬은 호수 깊숙한 곳에서 뻗어 나온 것이었다. 덤블도어가 톡톡 두드리자 사슬은 마치 뱀처럼 그의 주먹에서 미끄러져 나가기 시작하더니, 캄캄한 물속 깊은 곳에 있는 무언가를 끌어 올리며 저절로 땅바닥 위에 똬리를 틀었다. 사슬이 움직이며 철컹대는 소리가 동굴 벽에 부딪쳐 시끄럽게 울려 퍼졌다. 자그마한 배가 사슬과 똑같은 부연 녹색 빛을 발하며 유령처럼 수면 위로 올라오기 시작하자 해리는 헉하는 소리를 내뱉었다. 배는 잔물결조차 거의 일으키지 않고 해리와 덤블도어가 서 있는 기슭으로 둥둥 떠왔다.

"배가 거기 있는 걸 어떻게 아셨어요?" 해리가 놀라서 물었다.

"마법은 언제나 흔적을 남긴단다." 배가 부드럽게 쿵 소리를 내며 기슭에 부딪치자 덤블도어가 말했다. "가끔은 아주 뚜렷한 흔적을 남기지. 톰 리들을 가르친 사람이 바로 나다. 그의 방식은 잘 알고 있어."

"저…… 저 배는 안전할까요?"

"아, 그래. 아마 그럴 게다. 볼드모트는 자기가 호수 안에 배치해 둔 생명체들의 분노를 사지 않고 호수를 건널 방도를 마련해야 했다. 혹시라도 이곳에 들르거나, 호크룩스를 옮기고 싶어질 경우에 대비해서 말이야."

"그러니까 볼드모트의 배를 타고 호수를 건너면 물속에 있는 것들이 우리한테 아무 짓도 안 한다는 건가요?"

"어느 시점에는 우리가 볼드모트 경이 아니라는 사실을 깨닫겠지. 그 점은 어쩔 수 없이 감수해야 할 것 같구나. 하지만 지금까지는 잘해 온 셈이야. 우리가 배를 끌어 올리도록 놔두었으니까."

"근데 왜 우리가 배를 끌어 올리도록 내버려 뒀을까요?" 해리가 물었다. 그는 기슭이 보이지 않게 되는 순간, 어두운 물속에서 촉수들이 솟구치는 광경을 머릿속에서 좀처럼 떨쳐 낼 수 없었다.

"볼드모트는 아주 뛰어난 마법사만이 저 배를 찾아낼 수 있을 거라고 상당히 자신했을 게다." 덤블도어가 말했다. "다른 누군가가 저 배를 찾아낼 가능성은 지극히 낮고, 본인은 그 정도 위험만 감수하면 된다고 생각했겠지. 오직 자신만이 통과할 수 있는 또 다른 장애물들을 앞에 배치해 놓았다는 사실을 염두에 두고 말이야. 그자가 옳았는지 한 번 보자꾸나."

해리는 배를 내려다보았다. 정말이지 아주 작은 배였다.

"두 사람이 탈 수 있을 것 같지 않은데요. 교수님이랑 저

둘 다 탈 수 있을까요? 같이 타면 너무 무거울 것 같은데요?"

덤블도어가 빙긋 웃었다.

"볼드모트는 무게가 아니라 이 호수를 가로지르는 마법적 힘의 양에 신경을 썼을 게다. 한 번에 오직 마법사 한 명만이 이 배를 타고 건널 수 있도록 마법이 걸려 있겠지."

"하지만 그러면……?"

"너는 쳐 주지 않을 것 같구나, 해리. 너는 미성년자인데다 자격도 갖추지 못했다. 볼드모트는 열여섯 살짜리가 여기까지 올 거라고는 전혀 예상하지 못했을 게다. 내가 가진 힘과 비교해 네 힘이 드러날 가능성은 낮을 거다."

이 말은 해리의 사기를 전혀 북돋아 주지 못했다. 아마 덤블도어도 그 사실을 알아차렸는지 이렇게 덧붙였다. "그건 볼드모트의 실수다, 해리. 볼드모트가 실수를 저지른 거야……. 나이 든 자가 젊음을 과소평가하기 시작했다면 어리석고 태만해졌다는 뜻이지. 자, 이번에는 너부터 가거라. 물에 닿지 않도록 조심하고."

덤블도어가 옆으로 비켜서자 해리는 조심스럽게 배에 올라탔다. 뒤이어 덤블도어가 배에 오르면서 사슬을 감아 배 바닥에 내려놓았다. 그들은 비좁은 배 안에 구겨 앉았다. 해리는 편안하게 앉지 못하고 잔뜩 웅크렸다. 그의 양 무릎이 배 가장자리 밖으로 튀어 나갔다. 배는 곧바로 움직이기 시작했다. 뱃머리가 물살을 가르면서 부드럽게 물결이 이는 소리 말고는 아무 소리도 들리지 않았다. 그들이 뭔가를 하지 않아도, 배는 마치 보이지 않는 밧줄이 호수 한가운데의 빛 쪽으로 끌어당기기라도 하는 것처럼 움직이고 있었다. 머잖아 동굴 벽은 더 이상 보이지 않게 됐다. 파도가 없다는 점만 빼면 꼭 바다에 있는 것만 같았다.

해리는 배 아래를 내려다보았다. 마법 지팡이에서 뿜어 나오는 황금빛이 그들의 자취를 따라 검은 수면에 비쳐 반짝거리고 있었다. 배는 거울처럼 매끄러운 어두운 수면에 굴곡을 남기며 깊은 물결을 새겨 넣었다…….

그때 해리는 그것을 보았다. 대리석처럼 하얀 뭔가가 수면 바로 아래 둥둥 떠다니고 있었다.

"교수님!" 그가 소리쳤다. 깜짝 놀란 목소리가 조용한 수면 위로 시끄럽게 울려 퍼졌다.

"해리, 왜 그러느냐?"

"물속에서 손을 본 것 같아요. 사람 손요!"

"그래, 확실히 그랬을 게다." 덤블도어가 담담하게 말했다.

해리는 물속을 내려다보며 어느새 시야에서 사라진 손을 찾아보았다. 목구멍으로 메스꺼운 느낌이 치솟았다.

"그러니까 저게 물 밖으로 튀어나왔던 건가요?"

하지만 해리의 의문은 덤블도어가 미처 대답하기도 전에 풀렸다. 마법 지팡이에서 나온 빛이 수면 위의 다른 곳을 미끄러지듯 비추자 이번에는 수면 바로 아래 얼굴을 위로 한 채 드러누워 있는 어떤 남자의 시체가 보였다. 부릅 뜬 눈은 거미줄이라도 낀 것처럼 부옜고, 머리카락과 로브는 마치 연기처럼 그의 주위에서 맴돌고 있었다.

"여기 시체들이 있어요!" 해리가 조금 전보다 훨씬 높아진 목소리로 외쳤다. 전혀 그의 것처럼 들리지 않는 목소리였다.

"그래." 덤블도어가 차분한 어조로 대꾸했다. "하지만 지금은 그것들을 걱정할 필요가 없다."

"'지금은'이라뇨?" 해리가 물에서 어렵사리 시선을 돌려 덤블도어를 바라보면서 되풀이했다.

"그것들이 물속에서 평화롭게 떠다니기만 할 때는 말이다." 덤블도어가 말했다. "시체를 두려워할 이유는 전혀 없다, 해리. 어둠을 두려워할 이유가 전혀 없는 것과 마찬가지로 말이야. 내심 그 두 가지를 모두 두려워하는 볼드모트 경은 다른 의견을 갖고 있겠지. 하지만 그는 이번에도 지혜의 부족을 드러낸 게다. 죽음과 어둠에 대해 우리가 두려워하는 건 오직 우리가 그것들에 대해 아무것도 모른 다는 사실뿐이다."

해리는 아무 말도 하지 않았다. 그 말에 반박하고 싶진 않았지만 주위에, 그것도 바로 밑에 시체들이 둥둥 떠다닌 다고 생각하자 끔찍했다. 게다가 저 시체들이 위험하지 않 다는 말도 믿을 수 없었다.

"근데 아까 저것들 중 하나가 물 위로 펄쩍 뛰어올랐잖아 요." 해리는 덤블도어처럼 침착하고 흔들림 없는 목소리를 내려고 애쓰며 말했다. "제가 호크룩스에 소환 마법을 걸었 을 때 말이에요. 호수에서 시체가 튀어나온 거 아닌가요?"

"그래, 맞다." 덤블도어가 말했다. "우리가 호크룩스를 손에 넣는 순간 시체들은 분명 지금보다는 덜 평화로워 보 이겠지. 하지만 춥고 어두운 곳에 사는 수많은 생명체가 그러하듯이 이 시체들은 빛과 온기를 두려워한단다. 그러 니 필요하다면 그런 요소의 도움을 받아야 할 게다. 불 말 이다, 해리." 해리의 어리둥절한 표정을 본 덤블도어가 미 소를 지으며 덧붙였다.

"아…… 그렇군요……." 해리가 재빨리 말했다. 그는 고개를 돌려 배가 멈추지 않고 다가가고 있는 녹색 불빛을 바라보았다. 이제는 도저히 겁먹지 않은 척할 수가 없었다. 죽은 자들로 가득 찬 거대한 검은 호수……. 트릴로니 교수를 만난 것도, 론과 헤르미온느에게 펠릭스 펠리시스를 건넨 것도 아주 오래전 일처럼 느껴졌다……. 갑자기 작별 인사를 더 제대로 했어야 한다는 생각이 들었다……. 게다가 지니는 아예 얼굴도 못 봤는데…….

"거의 다 왔다." 덤블도어가 쾌활한 목소리로 말했다.

아니나 다를까, 녹색 불빛이 마침내 점점 커지는 것처럼 보였다. 몇 분이 흐르자, 배는 어딘가에 부드럽게 부딪치면서 멈춰 섰다. 처음에 해리는 배가 어디에 부딪쳤는지 알 수 없었지만, 불 켜진 마법 지팡이를 들어 올리자 자신들이 호수 한가운데 있는 매끄러운 바위로 이루어진 작은 섬에 도착했다는 사실을 알 수 있었다.

"물을 건드리지 않도록 조심하거라." 해리가 배에서 내리자 덤블도어가 재차 주의를 주었다.

그 섬은 결코 덤블도어의 연구실보다 크지 않았다. 녹색 불빛을 뿜어내는 뭔가가 있을 뿐 그 밖에는 아무것도 없이 납작한 검은 바위만 펼쳐져 있었다. 가까이에서 보니 불빛은 훨씬 밝았다. 해리는 눈을 가늘게 뜨고 그것을 바라보

앉다. 처음에는 등불 같은 것이라고 생각했지만 다시 보니
빛은 받침대 위에 놓여 있는 펜시브 비슷한 돌 대야에서
흘러나오고 있었다.

덤블도어가 그 대야 쪽으로 다가가자 해리도 뒤를 따랐
다. 두 사람은 나란히 서서 그것을 가만히 들여다보았다.
대야는 형광빛을 내뿜는 에메랄드색 액체로 가득했다.

"이게 뭐죠?" 해리가 조용히 물었다.

"잘 모르겠다." 덤블도어가 말했다. "하지만 피나 시체보
다 더 꺼림칙해 보이는구나."

덤블도어는 검게 변한 손을 가리고 있던 로브 소매를 걷
어붙이고 그 마법약의 표면을 향해 화상 입은 손가락 끝을
뻗었다.

"교수님, 안 돼요. 만지지 마세요!"

"만질 수가 없구나." 덤블도어가 희미하게 미소 지으며
말했다. "보이느냐? 이 이상 가까이 다가갈 수가 없단다.
너도 해 보거라."

해리는 대야를 똑바로 바라보면서 거기에 손을 집어넣
어 마법약을 만져 보려고 했다. 보이지 않는 막이 가로막
는 바람에 2센티미터 안으로는 더 이상 접근할 수 없었다.
아무리 힘주어 밀어 보아도 손가락은 단단하고 완고한 공

기 같은 것에 부딪힐 뿐이었다.

"비켜 다오, 해리." 덤블도어가 말했다.

그는 마법 지팡이를 들어 올리고 소리 없이 뭔가를 중얼거리면서 마법약 위로 이리저리 휘둘렀다. 마법약이 조금 더 밝게 빛난 것 같았지만 그것 말고는 아무 일도 일어나지 않았다. 덤블도어가 마법 지팡이로 뭔가를 하는 동안 해리는 계속 침묵을 지켰지만 시간이 어느 정도 지나자 덤블도어는 마법 지팡이를 내렸고, 해리는 그제야 다시 말을 해도 될 것 같았다.

"호크룩스가 이 안에 들어 있다고 생각하세요, 교수님?"

"아, 그렇단다." 덤블도어는 대야 안을 더 가까이에서 들여다보았다. 해리는 녹색 마법약의 매끄러운 표면에 거꾸로 비친 덤블도어의 얼굴을 보았다. "한데 어떻게 손을 댄다? 이 마법약은 손을 집어넣어 퍼낼 수도 없고, 마법을 이용해 없애거나 가르거나 퍼내거나 뽑아낼 수도 없고, 변형시키거나 일반 마법을 걸거나 하여튼 다른 어떤 방식으로든 간에 그 성질을 변화시킬 수도 없다."

덤블도어가 멍하니 다시 한 번 마법 지팡이를 들어 올려 허공에 휘두르자 난데없이 크리스털 잔이 나타나 그의 손에 쥐여졌다.

"이 마법약을 마셔 버려야 한다는 결론을 내릴 수밖에 없구나."

"네?" 해리가 소리쳤다. "안 돼요!"

"아니, 그래야 할 것 같다. 오직 이걸 마셔야만 대야를 비우고 저 깊은 곳에 들어 있는 걸 볼 수 있을 게다."

"하지만 만약…… 만약 그러다가 잘못되시기라도 하면요?"

"아, 일이 그런 식으로 돌아갈 것 같지는 않구나." 덤블도어가 태평하게 말했다. "볼드모트 경은 이 섬에 다다른 사람을 죽이고 싶어 하지 않을 게다."

해리는 그 말을 믿을 수 없었다. 이것도 그 어떤 사람에게서도 좋은 측면을 보려고 하는 덤블도어의 정신 나간 고집인 걸까?

"교수님," 해리는 이성적인 목소리를 내려고 애쓰며 말했다. "교수님, 지금 우리가 상대하고 있는 건 볼드모트예요……."

"미안하다, 해리. 이 섬에 도착한 사람을 즉시 죽이고 싶어 하지는 않을 거라고 말했어야 했는데." 덤블도어가 자기 말을 바로잡았다. "자기가 쳐 놓은 방벽을 뚫고 여기까지 들어오는 데 성공한 사람들이 어떻게 그 방법을 알아냈는지, 그리고 무엇보다 그 사람들이 왜 그렇게까지 이 대야를 비우고자 했는지 알아낼 때까지는 살려 놓고 싶어 할 거라는 말이었다. 볼드모트 경은 그의 호크룩스에 대해 자기 외에는 아무도 모를 거라고 생각한다는 사실을 잊지 말거라."

해리는 다시 입을 열려고 했지만 이번에는 덤블도어가 손을 들어 그를 제지했다. 그는 에메랄드색 액체를 바라보면서 눈을 살짝 찌푸렸다. 뭔가를 열심히 생각하고 있는 것이 분명했다.

그가 마침내 입을 열었다. "이 마법약은 틀림없이 내가 호크룩스를 가져가지 못하도록 막는 방식으로 작용할 게다. 나를 마비시키거나, 내가 왜 여기에 왔는지 잊도록 만들거나, 극심한 고통을 초래해서 내 주의를 분산시키거나, 다른 어떤 방식으로든 나를 무력화할지 모른다. 그런 일이 생기더라도 내가 계속 약을 마시게 만드는 것이 해리 너의 임무다. 마시기를 거부하는 내 입에 억지로 마법약을 쏟아부어야 할지라도 말이야. 알겠느냐?"

두 사람의 눈이 대야 위에서 마주쳤다. 하얗게 질린 두 사람의 얼굴이 그 기묘한 녹색 빛으로 밝혀졌다. 해리는 아무 말도 하지 않았다. 그에게 함께 가자고 한 이유가 이

것 때문이었나? 덤블도어에게 참을 수 없는 고통을 줄지도 모르는 마법약을 억지로 먹이게 하려고?

"기억하고 있지?" 덤블도어가 말했다. "내가 너를 데려온 조건 말이다."

해리는 대야에서 반사된 빛 때문에 녹색으로 변한 덤블도어의 푸른 눈을 마주 보며 머뭇거렸다.

"하지만 그러다가……."

"맹세했었지. 그렇지 않으냐? 내가 내리는 모든 지시에 따르기로 말이다."

"네, 그래도……."

"나는 위험할 수도 있다고 경고했다. 그렇지?"

"네." 해리가 말했다. "하지만……."

"그래, 그렇다면……." 덤블도어는 소매를 한 번 더 흔들어 젖히고 빈 잔을 들어 올렸다. "그게 바로 내가 내리는 지시다."

"왜 제가 대신 마법약을 마시면 안 되는 거죠?" 해리가 절박한 목소리로 물었다.

"그건 내가 훨씬 나이가 많고 더 지혜롭고 더 가치 없는 존재이기 때문이다." 덤블도어가 말했다. "마지막으로 한 번만 더 묻겠는데, 해리, 온 힘을 다해 내가 계속 저 약을 마시도록 만들겠다고 약속하겠느냐?"

"혹시……?"

"약속하느냐?"

"하지만……."

"약속하거라, 해리."

"저는…… 알겠어요. 하지만……."

덤블도어는 해리가 그 이상 저항할 겨를도 주지 않고 크리스털 잔을 마법약으로 가져갔다. 한순간 해리는 덤블도어가 잔을 들고도 마법약에 가닿지 못하기를 바랐지만 크리스털 잔은 무엇도 통과하지 못했던 마법약 표면 아래로 가라앉았다. 잔이 넘치도록 가득 차자 덤블도어는 그것을 입으로 들어 올렸다.

"너의 건강을 빌며, 해리."

그러더니 그는 잔을 비웠다. 해리는 겁에 질린 채 그 모습을 지켜보았다. 대야의 가장자리를 어찌나 꽉 쥐었던지 손가락이 얼얼할 정도였다.

"교수님?" 덤블도어가 빈 잔을 내리자 그가 불안한 듯 물었다. "기분이 어떠세요?"

덤블도어는 눈을 감은 채 고개를 흔들었다. 해리는 그가 고통스러워하는 건지 아닌지 알 수가 없었다. 덤블도어는 무작정 잔을 다시 대야에 담가 가득 채우더니 또 한 번 들이켰다.

이어지는 침묵 속에서 덤블도어는 잔에 가득 담긴 마법약을 연거푸 세 번 마셨다. 그런 다음, 네 잔째 가득 퍼서 마시던 중 비틀거리며 대야 쪽으로 고꾸라졌다. 그는 여전히 눈을 감은 채 힘겹게 숨을 쉬고 있었다.

"덤블도어 교수님?" 해리가 긴장한 목소리로 불렀다. "제 말 들리세요?"

덤블도어는 대답하지 않았다. 그의 얼굴은 깊은 잠에 빠져 있는 듯하면서도 끔찍한 꿈을 꾸는 것처럼 움찔거렸다. 잔을 쥔 손아귀가 느슨해져 갔다. 마법약이 쏟아지기 일보 직전이었다. 해리는 손을 앞으로 뻗어 크리스털 잔을 흔들리지 않게 꽉 붙잡았다.

"교수님, 제 말 들리세요?" 그가 큰 소리로 다시 말했다. 그의 목소리가 동굴을 쩌렁쩌렁 울렸다.

덤블도어는 숨을 헐떡이면서 해리가 알아들을 수 없는 목소리로 말했다. 이토록 겁에 질린 덤블도어의 목소리는 여태껏 한 번도 들어 본 적이 없었다.

"싫어…… 그러지 말거라……."

해리는 너무도 잘 아는 그 하얗게 질린 얼굴을, 구부러진 코와 반달 안경을 뚫어지게 바라보았다. 어떻게 해야 할지 알 수가 없었다.

"……싫다…… 이제 그만하고 싶어……." 덤블도어가 신음했다.

"그…… 그만하시면 안 돼요, 교수님." 해리가 말했다. "계속 드셔야 돼요. 기억하시죠? 계속 드셔야 한다고 저한테 말씀하셨잖아요. 여기……."

그 자신이 증오스러웠고 지금 하고 있는 짓이 역겹게 느껴졌지만, 해리는 덤블도어가 마법약을 마저 마실 수 있도록 잔을 억지로 덤블도어의 입으로 가져가 기울였다.

"안 돼……." 해리가 대신 잔을 대야에 담가서 다시 채우자 덤블도어가 신음했다. "싫어…… 그러고 싶지 않아…… 날 보내 다오……."

"괜찮아요, 교수님." 해리가 손을 덜덜 떨면서 말했다. "괜찮아요, 제가 여기……."

"그만하게 해 다오, 그만해." 덤블도어가 다시 신음했다.

"네…… 네, 이렇게 하면 그만할게요." 해리는 거짓말을 했다. 그는 잔을 기울여 덤블도어의 벌어진 입으로 내용물을 흘려 넣었다.

덤블도어가 비명을 질렀다. 그 소리가 죽은 듯 시커먼

호수를 가로질러 거대한 공간에 온통 메아리쳤다.

"안 돼, 안 돼, 안 돼…… 아니…… 못 한다…… 못 해, 그러지 마라. 그러기 싫어……."

"괜찮아요, 교수님. 괜찮아요!" 해리가 큰 소리로 말했다. 손이 너무 심하게 떨려서 여섯 번째 잔은 제대로 퍼 올리기도 힘들었다. 이제 대야는 반쯤 비어 있었다. "아무 일도 없어요. 안전해요. 그건 현실이 아니에요. 맹세하는데 현실이 아니에요. 드세요, 이제. 이걸 드세요……."

덤블도어는 마치 그것이 해독제이기라도 한 것처럼 고분고분 해리가 건네는 마법약을 받아 마셨다. 하지만 잔을 비우자마자 걷잡을 수 없이 몸을 떨면서 무릎을 꿇고 쓰러졌다.

"전부 내 잘못이다, 다 내 잘못이야." 그가 흐느꼈다. "부디 멈춰 다오. 나도 내가 잘못한 걸 알아. 아아, 제발 그만해. 그러면 다시는, 다시는……."

"이거면 다 끝날 거예요, 교수님." 해리가 마법약이 담긴 일곱 번째 잔을 덤블도어의 입에 흘려 넣으며 말했다. 그의 목소리가 잔뜩 갈라졌다.

덤블도어는 보이지 않는 사람들에게 둘러싸인 채 고문이라도 당하는 것처럼 몸을 움츠렸다. 그는 손을 마구 휘

젓다가, 해리가 떨리는 손으로 붙잡고 있는 잔을 쳐서 떨어뜨릴 뻔했다. 덤블도어가 다시 신음했다. "그 아이들을 해치지 마. 해치지 마, 제발, 제발. 내가 잘못했어. 대신 날 해쳐……."

"여기요, 드세요. 쭉 들이켜세요. 괜찮아지실 거예요." 해리가 절박하게 말했다. 그의 말에 덤블도어는 다시 한 번 순순히 입을 벌렸다. 눈을 질끈 감은 채 머리끝부터 발끝까지 부들부들 떨면서.

다음 순간 그는 또다시 고꾸라지면서 비명을 질렀다. 그가 두 주먹으로 땅을 쾅쾅 내리치는 가운데 해리는 아홉 번째 잔을 채웠다.

"제발, 제발, 제발, 안 돼…… 그건 안 돼, 그건 안 된다, 내가 뭐든지 할게……."

"마시기만 하세요, 교수님. 그냥 드세요……."

덤블도어는 목이 말라 죽을 지경인 어린애처럼 마법약을 들이켰지만, 다 마신 뒤에는 몸속에 불이라도 붙은 것처럼 다시 고함을 내질렀다.

"더 이상은 안 돼, 제발, 더 이상은……."

해리는 열 번째 잔에 마법약을 가득 퍼 올렸을 때 크리스털 잔이 대야 바닥을 긁는 것을 느꼈다.

"거의 다 왔어요, 교수님. 여기 있어요, 이걸 드세요……."

그는 덤블도어의 어깨를 부축했다. 덤블도어는 이번에도 잔을 비웠다. 덤블도어가 그 어느 때보다도 고통스럽게 비명을 지르기 시작하자 해리는 다시 한 번 일어서서 잔을 채웠다. "죽고 싶다! 죽고 싶어! 멈춰 다오, 멈춰! 날 죽여 다오!"

"이걸 드세요, 교수님. 어서 드세요……."

덤블도어는 마법약을 마셨고, 잔을 비우자마자 소리쳤다. "**날 죽여 다오!**"

"이게…… 이게 그렇게 해 드릴 거예요!" 해리가 숨을 헐떡였다. "그냥 이걸 드세요……. 끝날 거예요……. 전부 끝날 거예요!"

덤블도어는 잔에 든 것을 꿀꺽꿀꺽 들이켜 마지막 한 방울까지 다 마신 다음, 큰 소리로 그르렁그르렁 숨을 쉬더니 얼굴을 아래로 기울인 채 고꾸라졌다.

"안 돼!" 다시 잔을 채우려고 일어섰던 해리가 소리쳤다. 그는 크리스털 잔을 대야에 떨어뜨리고 덤블도어 앞으로 달려가 그를 들쳐 멨다. 덤블도어는 안경을 비뚜름하게 코에 걸치고 입을 헤 벌린 채 눈을 감고 있었다. "안 돼요."

해리가 덤블도어를 흔들어 깨우며 말했다. "안 돼요, 교수님은 돌아가신 게 아니에요. 이건 독이 아니라고 하셨잖아요. 일어나세요, 일어나요. ……레네르바테!" 그는 덤블도어의 가슴을 마법 지팡이로 겨누며 소리쳤다. 붉은빛이 번뜩였지만 아무 일도 일어나지 않았다. "레네르바테! 교수님, 제발……."

덤블도어의 눈꺼풀이 깜박거렸다. 해리의 가슴이 뛰었다.

"교수님, 괜찮……?"

"물." 덤블도어가 쉰 목소리로 말했다.

"물요." 해리가 헐떡였다. "네, 물……."

해리는 벌떡 일어나 대야에 떨어뜨렸던 크리스털 잔을 집어 들었다. 잔 아래 놓여 있던 황금 로켓이 언뜻 보였다.

"아구아멘티!" 해리가 마법 지팡이로 잔을 툭 치며 소리쳤다.

잔이 맑은 물로 가득 채워졌다. 해리는 덤블도어 옆에 털썩 무릎을 꿇고 그의 머리를 들어 올려 잔을 입술로 가져갔다. 하지만 잔은 비어 있었다. 덤블도어가 신음하며 헐떡이기 시작했다.

"아니, 제가 물을 가져왔는데…… 조금만 기다리세요.

아구아멘티!" 해리가 마법 지팡이로 잔을 가리키며 다시 외쳤다. 이번에도 잔 속에서 맑은 물이 아주 잠깐 반짝이는가 싶더니 그가 잔을 덤블도어의 입으로 가져가자 다시 사라졌다.

"교수님, 노력하고 있어요, 노력하고 있다고요!" 해리가 절박하게 소리쳤지만 덤블도어에게 그의 말이 들릴 것 같지는 않았다. 덤블도어는 옆으로 쓰러져서 고통스럽게 그르렁대면서 크게 숨을 몰아쉬고 있었다. "*아구아멘티*…… *아구아멘티*…… **아구아멘티!**"

잔이 다시 한 번 채워졌다가 비었다. 이제 덤블도어의 호흡이 점점 약해지고 있었다. 두려움에 머릿속이 하얗게 된 해리는 물을 얻을 유일한 방법을 본능적으로 알아차렸다. 볼드모트가 그렇게 계획했을 테니까…….

해리는 바위섬 가장자리로 달려가 크리스털 잔을 호수에 담그고 얼음장 같은 물을 찰랑찰랑 넘칠 만큼 가득 채웠다. 그 물은 사라지지 않았다.

"교수님, 여기요!" 해리가 소리쳤다. 그는 앞으로 달려가면서 덤블도어의 얼굴에 물을 잔뜩 쏟았다.

그것이 해리가 할 수 있는 최선이었다. 잔을 들지 않은 쪽 팔에 와닿는 얼음장 같은 느낌은 물이 전하는 냉기 때문이 아니었다. 끈적끈적하고 허여멀건 손이 그의 손목을 움켜쥐고 있었던 것이다. 그 손의 주인은 그를 천천히 바위섬 바깥으로 끌어당기고 있었다. 호수 표면은 더 이상 거울처럼 매끄럽지 않았다. 호수는 마구 소용돌이치고 있었다. 해리의 눈이 닿는 곳곳에서 하얀 머리와 손 들이 어두운 수면 위로 불쑥불쑥 튀어나왔다. 앞이 보이지 않는 듯한 퀭한 눈을 가진 성인 남녀와 아이 들이 바위섬을 향해 다가왔다. 검은 물 위로 죽은 자들의 군대가 모습을 드러내고 있었다.

"페트리피쿠스 토탈루스!" 해리는 바위섬의 매끄럽고 축축한 표면을 붙들고 있으려고 발버둥 치면서, 그의 팔을 붙잡은 인페리우스에게 마법 지팡이를 겨누고 소리쳤다. 인페리우스는 그를 놓고 물속으로 첨벙 떨어졌다. 해리는 허둥지둥 일어섰다. 하지만 더 많은 수의 인페리우스들이 이미 바위섬을 기어오르고 있었다. 뼈가 드러난 그들의 손이 바위의 미끄러운 표면을 할퀴어 댔다. 불투명한 텅 빈 눈을 해리에게 향한 채 그들은 물에 젖은 넝마를 질질 끌고 오면서 홀쭉한 얼굴 가득 음흉한 웃음을 짓고 있었다.

"페트리피쿠스 토탈루스!" 해리는 뒤로 물러나면서 마법 지팡이를 공중에 휘두르며 다시 소리쳤다. 인페리우스 예닐곱이 쓰러졌지만 더 많은 수가 그를 향해 다가오고 있었다. "임페디멘타! 인카서러스!"

몇 놈이 비틀거렸다. 한둘은 밧줄에 묶였지만 뒤이어 바위섬을 기어오르던 놈들은 쓰러진 시체들을 그냥 밟고 넘어왔다. 해리가 마법 지팡이를 계속 허공에 휘두르며 소리쳤다. "섹툼셈프라! *섹툼셈프라!*"

젖은 누더기와 얼어붙은 살갗 여기저기에 날카롭게 베인 상처들이 드러났지만 놈들의 몸에는 흘릴 피가 한 방울도 남아 있지 않았다. 인페리우스들은 아무것도 느끼지 못하고 쭈그러든 손을 해리에게 뻗은 채 계속 다가왔다. 주춤주춤 뒤로 물러서던 해리는 등 뒤에서 팔들이 그를 휘감는 것을 느꼈다. 죽음처럼 차갑고 뼈만 남은 말라비틀어진 팔이었다. 놈들이 그를 들어 올리자 해리의 두 발이 땅에서 떨어졌고 놈들은 그를 천천히, 하지만 분명하게 물 쪽으로 끌고 갔다. 그는 풀려날 길이 없다는 것을 알았다. 꼼짝없이 물에 빠져 죽어서 그 역시 볼드모트의 쪼개진 영혼한 조각을 지키는 수호병이 되고 말리라는 것도…….

하지만 그때 어둠 속에서 불길이 치솟았다. 짙은 붉은빛과 황금빛으로 이루어진 불의 고리가 바위섬을 에워싸자 해리를 꽉 움켜잡고 있던 인페리우스들이 비틀거리며 바

닥에 넘어졌다. 놈들은 감히 화염을 통과해 물속으로 들어
갈 엄두도 내지 못했다. 그들이 놔 버리자 해리는 바닥에
쿵 떨어져 바위에서 미끄러져 넘어졌다. 그 바람에 양팔이
모두 까졌지만 그는 허둥지둥 다시 일어나 마법 지팡이를
들어 올리고 주위를 둘러보았다.

어느새 덤블도어가 다시 일어서 있었다. 그는 주위에 가
득한 인페리우스들만큼이나 얼굴이 하얗게 질려 있었지만
놈들 사이에서 당당하게 우뚝 솟아 있었다. 그의 두 눈에
서 불꽃이 일렁였다. 그는 횃불처럼 들어 올린 마법 지팡
이 끝으로 불길을 내뿜고 있었다. 그 불길이 마치 거대한
올가미처럼 그들 모두를 열기로 에워쌌다.

인페리우스들은 주위를 에워싼 불길에서 달아나려고 우
왕좌왕하다가 서로 부딪쳤다.

덤블도어가 돌 대야 바닥에 놓인 로켓을 꺼내 로브 안에
집어넣었다. 그는 아무 말 없이 해리에게 자기 옆으로 오
라고 손짓했다. 불길에 정신을 빼앗긴 인페리우스들은 덤
블도어가 해리를 데리고 배로 향하는데도 사냥감이 떠나
고 있다는 사실을 모르는 듯했다. 불의 고리가 두 사람을
둘러싼 채 그들이 가는 대로 함께 움직였다. 당황한 인페
리우스들은 물가까지 그들을 쫓아오더니 재빠르게 다시

어두운 물속으로 미끄러져 들어갔다.

온몸을 부들부들 떨던 해리는 잠시 덤블도어가 배에 올라타지 못할지도 모른다고 생각했다. 덤블도어는 배에 오르려다가 비틀거렸다. 그는 두 사람을 보호하는 불의 고리를 유지하는 데 온 힘을 쏟고 있는 듯했다. 해리는 덤블도어가 배에 올라탈 수 있도록 부축해 주었다. 둘 다 안전하게 배 안에 몸을 구겨 넣고 나자 배는 바위섬을 떠나 검은 호수를 가로질러 되돌아가기 시작했다. 그들 아래서 우글거리는 인페리우스들은 감히 수면 위로 다시 올라올 생각을 못 하는 것 같았다.

"교수님." 해리가 헐떡였다. "교수님, 깜빡했어요…… 불 말이에요. 놈들이 다가오니까 그만 겁에 질려서……."

"충분히 이해한다." 덤블도어가 중얼거렸다. 너무나 희미하게 들리는 그의 목소리에 해리는 깜짝 놀랐다.

그들은 살짝 쿵 소리를 내며 기슭에 다다랐다. 해리는 배에서 뛰어내린 다음 재빨리 돌아서서 덤블도어를 부축했다. 덤블도어는 기슭에 이르자마자 마법 지팡이를 든 손을 축 늘어뜨렸다. 불의 고리는 사라졌지만 인페리우스들은 다시 물 위로 모습을 드러내지 않았다. 작은 배는 다시 물속으로 가라앉았다. 배에 연결된 사슬 또한 철커덕거리

고 딸그랑거리는 소리를 내면서 뱀처럼 스르르 호수 속으
로 미끄러져 들어갔다. 덤블도어는 크게 한숨을 내쉬더니
동굴 벽에 기댔다.

"기운이 없구나……." 그가 말했다.

"걱정 마세요, 교수님." 해리가 즉시 대꾸했다. 그는 놀
랄 만큼 창백해진 덤블도어의 얼굴과 기진맥진한 모습이
자못 불안했다. "걱정 마세요. 제가 데려다 드릴게요. 저한
테 기대세요, 교수님……."

해리는 덤블도어의 다치지 않은 쪽 팔을 끌어당겨 자신
의 어깨에 걸치고 그의 무게를 고스란히 버티며 교장을 이
끌고 호숫가를 따라갔다.

"어쨌거나…… 효과적으로 고안된…… 보호책이었어."
덤블도어가 희미한 목소리로 중얼거렸다. "혼자서는 해낼
수 없었을 거다……. 잘해 주었다. 정말 잘해 주었어, 해
리……."

"지금은 아무 말씀도 하지 마세요." 해리가 말했다. 덤블
도어의 목소리가 어찌나 불분명해졌는지, 그의 두 발이 어
찌나 힘없이 질질 끌리는지 두려울 지경이었다. "힘을 아
끼세요, 교수님……. 좀 있으면 여기에서 나갈 수 있을 거
예요……."

"아치문이 다시 닫혀 있을 게다. 내 칼을……."

"그러실 필요 없어요. 아까 팔이 바위에 긁혀서 피가 났거든요." 해리가 단호하게 말했다. "그냥 위치만 말씀해 주세요."

"여기……."

해리는 긁혀서 상처가 난 팔뚝을 바위에 대고 문질렀다. 피의 제물을 받은 아치문이 곧바로 다시 열렸다. 그들은 바깥쪽 동굴을 통과했다. 해리는 덤블도어를 부축한 채 절벽 틈새를 메우고 있는 얼음장 같은 바닷물 속으로 다시 들어갔다.

"다 괜찮아질 거예요, 교수님." 해리는 끊임없이 되뇌었다. 희미하게나마 들려오던 덤블도어의 목소리가 아예 들리지 않아 걱정스러웠다. "거의 다 왔어요……. 제가 순간 이동을 하면 우리 둘 다 돌아갈 수 있어요……. 걱정 마세요……."

"나는 걱정하지 않는다, 해리." 덤블도어가 말했다. 얼음장 같은 물속에 있으면서도 그의 목소리는 좀 더 강해져 있었다. "너와 함께 있으니까."

27장
번개 맞은 탑

　해리는 별이 총총한 하늘 아래로 다시 나오자마자 덤블도어를 가장 가까운 바위 위로 끌어 올린 뒤 일으켜 세웠다. 해리는 흠뻑 젖어 부들부들 떨리는 몸으로 여전히 덤블도어의 몸무게를 버티며 목적지인 호그스미드에 그 어느 때보다도 열심히 정신을 집중했다. 그리고 눈을 감으며 덤블도어의 팔을 되도록 꽉 붙들고 그 끔찍한 압박감 속으로 발을 내디뎠다.

　그는 눈을 뜨기도 전에 순간이동을 제대로 해냈다는 사실을 알 수 있었다. 소금 냄새, 바닷바람이 사라져 있었던 것이다. 그와 덤블도어는 온몸을 오들오들 떨고 물을 뚝뚝 흘리면서 어두운 호그스미드 큰길 한복판에 서 있었다. 한 순간 해리는 주위를 둘러싼 가게들 뒤에서 조금 전보다 많은 수의 인페리우스들이 그를 향해 슬금슬금 다가오는 끔찍한 환상을 봤지만 눈을 깜빡이고 다시 둘러보자 주위에 움직이는 것은 아무것도 없었다. 모든 것이 고요했다. 가로등 몇 개와 위층 창문들에서 흘러나오는 불빛을 제외하면 거리는 완전한 어둠에 휩싸여 있었다.

"해냈어요, 교수님." 해리가 힘겹게 속삭였다. 문득 찌를 듯한 고통이 가슴에 밀려들었다. "우리가 해냈어요! 호크룩스를 손에 넣었어요!"

덤블도어가 그에게 기댄 채 비틀거렸다. 잠시 해리는 그의 미흡한 순간이동 실력 탓에 덤블도어가 균형을 잃은 것일지도 모른다고 생각했다. 하지만 다음 순간 해리는 저 멀리서 비치는 가로등 불빛을 통해 더더욱 하얗게 질리고 땀으로 범벅된 덤블도어의 얼굴을 보았다.

"교수님, 괜찮으세요?"

"썩 좋지는 않구나." 덤블도어는 힘없이 그렇게 말하면서도 웃을 듯 입을 씰룩였다. "그 마법약이…… 보약은 아니었던 모양이야……."

다음 순간 덤블도어가 땅바닥에 털썩 주저앉자 해리는 소스라치게 놀랐다.

"교수님…… 괜찮아요, 교수님. 괜찮아지실 거예요, 걱정 마세요."

그는 도움을 구하고자 절박하게 주위를 둘러봤지만 눈에 띄는 사람은 아무도 없었다. 어떻게든 덤블도어를 빨리 병동으로 데려가야 한다는 생각만이 그의 머릿속을 가득 채웠다.

"학교로 모셔 가야겠어요, 교수님……. 폼프리 선생님이……."

"아니다." 덤블도어가 말했다. "나한테 필요한 사람은…… 스네이프 교수야……. 하지만 아무래도…… 방금 전까지만 해도 학교까지 걸을 수 있었는데……."

"알겠어요, 교수님. 들어 보세요, 제가 교수님이 들어가 계실 만한 곳을 찾아볼게요. 그런 다음 뛰어가서 폼프리 선……."

"세베루스다." 덤블도어가 명확하게 말했다. "나한테는 세베루스가 필요해……."

"알겠어요. 그럼 스네이프를 데려올게요……. 하지만 잠깐 교수님을 두고 가야……."

하지만 해리가 움직이기도 전에 이쪽으로 달려오는 발소리가 들렸다. 해리의 가슴이 철렁 내려앉았다. 누군가가 그들을 보았다. 누군가가 그들에게 도움이 필요하다는 것을 알았다. 뒤를 돌아보니, 용이 수놓인 실크 잠옷을 걸치고 털이 북슬북슬한 굽 높은 슬리퍼를 신은 로즈메르타 씨가 어두운 거리를 허둥지둥 달려오고 있었다.

"침실 커튼을 닫다가 네가 순간이동으로 나타나는 걸 봤어! 세상에, 이런 세상에, 이게 도대체 무슨 일인지…… 근데 알버스는 어떻게 된 거니?"

그녀는 숨을 헐떡이며 멈춰 서더니 눈을 휘둥그렇게 뜨고 덤블도어를 내려다보았다.

"다치셨어요." 해리가 말했다. "로즈메르타 씨, 제가 학교로 가서 도와줄 사람을 데려오는 동안 교수님을 스리 브룸스틱스에 좀 모셔도 될까요?"

"너 혼자는 못 가! 모르니? 못 본 거야?"

"제가 부축하는 걸 좀 도와주시면" 하고 해리는 그녀의 말에 귀 기울이지 않고 말을 이었다. "교수님을 안으로 모시고 들어갈 수……."

"무슨 일이 있었소?" 덤블도어가 물었다. "로즈메르타, 뭐가 잘못됐습니까?"

"어둠…… 어둠의 징표가 나타났어요, 알버스."

그녀는 호그와트 쪽의 하늘을 가리켰다. 그 말을 듣자

끔찍한 공포가 해리를 덮쳤다⋯⋯. 해리는 돌아서서 그쪽을 바라보았다.

그곳, 학교 위 하늘에 그것이 떠 있었다. 뱀으로 된 혀가 달린, 녹색으로 번뜩이는 해골. 죽음을 먹는 자들이 어떤 장소에 들어갈 때마다⋯⋯ 살인을 저지를 때마다 남기는 징표⋯⋯.

"언제 나타났소?" 덤블도어가 물었다. 그는 해리의 어깨를 아플 정도로 꽉 움켜쥐고 비틀거리며 일어섰다.

"분명 몇 분 안 됐을 거예요. 고양이를 내보낼 때는 없었거든요. 근데 2층에 올라가 보니⋯⋯."

"우리는 즉시 성으로 돌아가야 합니다." 덤블도어가 말했다. "로즈메르타⋯⋯." 그는 약간 비틀거리면서도 상황을 완전히 장악하고 있는 것 같았다. "이동 수단이 필요하오. 빗자루라든가⋯⋯."

"바 뒤에 두 자루 있어요." 그녀가 매우 겁먹은 표정으로 말했다. "얼른 가서 가져올까요?"

"아니, 그건 해리가 하면 됩니다."

해리는 곧바로 마법 지팡이를 들어 올렸다.

"아씨오 로즈메르타 씨의 빗자루."

잠시 후 쾅 하는 요란한 소리와 함께 술집 앞문이 벌컥 열렸다. 빗자루 두 개가 거리로 튀어나와 서로 경주하듯 해리 앞으로 날아오더니 그의 허리 높이에 우뚝 멈춘 채 부르르 떨었다.

"로즈메르타, 정부에 전갈을 보내 주시오." 덤블도어가 그렇게 말하며 앞에 있는 빗자루에 올라탔다. "호그와트에 있는 사람들은 무슨 일이 일어났는지 아직 모를 겁니다……. 해리, 투명 망토를 걸치거라."

해리는 주머니에서 투명 망토를 꺼내 뒤집어쓴 다음 빗자루에 올라탔다. 로즈메르타 씨는 이미 종종걸음으로 자기 술집으로 돌아가고 있었다. 해리와 덤블도어는 땅을 박차고 공중으로 날아올랐다. 빠르게 성으로 향하면서 해리는 덤블도어가 빗자루에서 떨어질라치면 붙잡을 준비를 하고 그를 힐끗 곁눈질했다. 하지만 하늘에 뜬 어둠의 징표가 덤블도어에게 각성제처럼 작용한 듯했다. 그는 빗자루에 몸을 바짝 붙이고 시선을 어둠의 징표에 고정한 채 긴 은발과 턱수염을 밤바람에 휘날리고 있었다. 해리 역시 앞에 떠 있는 해골을 바라보았다. 공포가 독이 든 거품처럼 그의 몸속에서 부풀어 올라 허파를 짓누르고 그 밖에 신체적 불편함을 머릿속에서 모조리 몰아냈다.

얼마나 오래 학교를 떠나 있었던 걸까? 론, 헤르미온느,

지니의 행운은 지금쯤 효력을 다했을까? 그들 중 한 사람 때문에 저 징표가 학교 위에 나타난 건 아닐까? 아니면 네빌이나 루나, 혹은 다른 D.A. 회원 때문일까? 그리고 만약 그렇다면……. 그들에게 복도를 순찰하라고 지시한 사람은 바로 그였다. 해리가 그들에게 침대라는 안전한 공간을 벗어나라고 말했다……. 또다시 그 때문에 친구 하나가 죽음을 맞게 된 걸까?

예전에 걸었던 어둡고 구불구불한 길 위를 날아가는데, 귓가를 스치는 밤바람 소리 너머로 덤블도어가 또다시 이상한 언어로 중얼거리는 소리가 들렸다. 해리는 벽으로 된 경계를 넘어 교정으로 들어갈 때 왜 빗자루가 한순간 부르르 떨렸는지 그 이유를 알 것 같았다. 두 사람이 교내로 빠르게 날아들어 갈 수 있도록 덤블도어가 성 주위에 직접 걸어 놓았던 마법을 해제한 것이다. 어둠의 징표는 성에서 가장 높은 장소인 천문탑 바로 위에서 번득이고 있었다. 그곳에서 누가 죽었다는 뜻일까?

덤블도어는 이미 총안(총이나 활을 쏘기 위해 성벽에 뚫어 놓은 구멍—옮긴이)이 있는 성벽을 넘어가 빗자루에서 내리고 있었다. 해리는 잠시 후 그의 옆에 내려서서 주위를 둘러보았다.

벽으로 둘러싸인 성곽에는 아무도 없었다. 성안으로 이어지는 나선형 계단 쪽 문은 닫혀 있었다. 몸싸움을 하거나 죽음에 저항한 흔적도, 시체가 있었던 흔적 같은 것도 보이지 않았다.

"저게 무슨 뜻일까요?" 해리가 머리 위에서 뱀 혀를 사악하게 번뜩이고 있는 녹색 해골을 올려다보며 물었다. "저게 진짜 그 징표일까요? 분명 누군가가…… 교수님?"

해리는 어둠의 징표가 뿜어내는 희미한 녹색 불빛 속에서 덤블도어가 검게 변한 손으로 가슴을 움켜쥐고 있는 모습을 보았다.

"가서 세베루스를 깨우거라." 덤블도어가 기운은 없지만 또렷한 목소리로 말했다. "무슨 일이 벌어졌는지 얘기하고 그를 내게 데리고 오너라. 그 외에는 아무것도 하지 말고, 다른 사람에게 말을 걸지도 말고, 투명 망토도 벗지 말거라. 난 여기서 기다리마."

"하지만……."

"너는 내 말에 따르기로 맹세했다, 해리. 어서 가거라!"

해리는 서둘러 나선형 계단으로 이어지는 문으로 향했지만 문고리에 손이 닿기가 무섭게 문 저쪽에서 달려오는 발소리가 들렸다. 그가 덤블도어를 돌아보자 덤블도어는 물러서라고 손짓했다. 해리는 뒤로 물러나며 마법 지팡이를 뽑아 들었다.

문이 벌컥 열리고 누군가가 들이닥치더니 소리쳤다. "엑스펠리아르무스!"

해리는 곧바로 몸이 굳어 꼼짝도 할 수 없었다. 그의 몸이 뒤로 넘어가다가 성벽에 부딪쳤다. 그는 불안정하게 벽에 기댄 조각상처럼 움직이지도, 말을 하지도 못하게 되었다. 어떻게 된 일인지 도무지 이해할 수가 없었다. 엑스펠리아르무스는 동결 마법이 아닌데…….

잠시 후 그는 어둠의 징표가 비추는 불빛 아래 덤블도어의 마법 지팡이가 성벽 너머로 포물선을 그리며 날아가는 것을 보고 어떻게 된 일인지 이해했다……. 덤블도어는 소리를 내지 않고 주문을 외워서 해리를 움직이지 못하게 만들었고, 그러느라 자기 자신을 제때 방어하지 못한 것이다.

얼굴이 하얗게 질린 채 성벽에 기댄 채 서 있는데도 덤블도어는 당황하거나 고통스러워하는 기색을 전혀 보이지 않았다. 그저 그를 무장해제시킨 사람을 바라보며 이렇게 말할 뿐이었다. "안녕, 드레이코."

말포이가 자신과 덤블도어 말고 다른 사람은 없는지 확인하려는 듯 재빨리 주위를 두리번거리며 앞으로 나섰다.

그의 눈길이 두 번째 빗자루에 가닿았다.

"또 누가 있지?"

"내가 묻고 싶은 말이로구나. 아니면, 혹시 혼자 행동하는 게냐?"

해리는 말포이의 옅은 색 눈이 어둠의 징표가 내뿜는 녹색 불빛을 받고 있는 덤블도어에게로 다시 움직이는 것을 보았다.

"아니." 말포이가 말했다. "도와주는 사람이 있어. 오늘 밤, 이곳 당신 학교에 죽음을 먹는 자들이 들어왔거든."

"이런, 이런." 덤블도어는 말포이가 야심 찬 과제물을 제출하기라도 한 것처럼 감탄을 터뜨렸다. "정말이지 훌륭하구나. 그자들을 안으로 불러들일 방법을 찾은 모양이지?"

"그래." 말포이가 헐떡거리며 말했다. "당신 코앞에서 그런 짓을 저질렀는데도 당신은 전혀 눈치채지 못했지!"

"대단하구나." 덤블도어가 말했다. "한데…… 이런 질문을 해서 미안하다만…… 그자들은 지금 어디 있느냐? 너를 도와주는 사람은 없어 보이는데."

"당신 보초들을 만났어. 지금 밑에서 싸우고 있어. 오래 걸리지는 않을 거야……. 내가 먼저 도착한 거야. 나는…… 난 해야 할 일이 있으니까."

"그래, 그렇다면 그 일을 해야겠구나, 얘야." 덤블도어가
부드럽게 말했다.

침묵이 이어졌다. 해리는 다른 사람 눈에는 보이지 않는
마비된 몸속에 갇힌 채, 저 멀리서 죽음을 먹는 자들이 싸
우는 소리를 들으려고 귀를 쫑긋 세우고 그 두 사람을 바
라보았다. 그의 눈앞에서는 드레이코 말포이가 그저 알버
스 덤블도어를 노려보고만 있을 뿐이었다. 놀랍게도, 덤블
도어는 빙긋 웃고 있었다.

"드레이코, 드레이코. 너는 살인자가 아니다."

"당신이 그걸 어떻게 알아?" 말포이가 대번에 쏘아붙였다.

그는 자기가 내뱉은 말이 얼마나 유치한지 깨달은 듯했
다. 해리는 말포이가 어둠의 징표에서 흘러나오는 녹색 빛
아래서 얼굴을 붉히는 것을 보았다.

"내가 뭘 할 수 있는지 당신은 몰라." 말포이가 더욱 힘
주어 말했다. "내가 무슨 짓을 저질렀는지도 모르고!"

"아하, 아니다. 나는 알고 있단다." 덤블도어가 온화하게
말했다. "너는 하마터면 케이티 벨과 로널드 위즐리를 죽
일 뻔했다. 너는 1년 내내 점점 더 필사적으로 나를 죽이려
고 노력해 왔어. 미안하다만, 드레이코, 그런 노력들은 미
약하기 짝이 없었다……. 솔직히 말해 형편없을 만큼 미약

해서, 네가 진심으로 그럴 마음을 품었는지조차 의심스러 웠단다…….."

"난 진심이었어!" 말포이가 격하게 소리쳤다. "올해 내내 애써 왔고, 오늘 밤엔…….."

저 아래 성안 깊숙한 곳 어디에선가 아득한 고함 소리가 들려왔다. 말포이는 뻣뻣하게 굳어서 어깨 너머를 힐끔 돌 아보았다.

"누군가가 잘 싸우고 있구나." 덤블도어가 대수롭지 않 게 말했다. "한데 무슨 말을 하고 있었더라…… 그래, 너는 죽음을 먹는 자들을 내 학교에 불러들이는 데 성공했다. 인정하마. 나는 그게 불가능한 일이라고 생각했다. ……어 떻게 한 게냐?"

하지만 말포이는 아무런 대꾸도 하지 않았다. 그는 아래 층에서 벌어지고 있는 일에 계속 귀를 기울이고 있었다. 마치 해리처럼 마비라도 된 듯했다.

"어쩌면 너 혼자서 일을 해치워야 할지도 모르겠구나." 덤블도어가 넌지시 말했다. "내 보초가 네 지원군을 막으 면 어떻게 하겠느냐? 아마 너도 알아챘겠지만 오늘 밤 이 곳에는 불사조 기사단 단원들도 와 있다. 어쨌거나, 사실 너한텐 도움이 필요하지도 않지……. 지금 나에겐 마법 지팡이가 없으니까…… 난 내 몸을 지킬 수가 없다…….”

말포이는 그저 그를 바라볼 뿐이었다.

“알겠다.” 말포이가 움직이지도, 입을 열지도 않자 덤블도어가 자상하게 말했다. “저 사람들이 가담하기 전까지는 혼자서 행동하기가 무서운 모양이구나.”

“무섭지 않아!” 말포이는 버럭 소리치면서도 여전히 덤블도어를 해치려는 움직임을 보이지 않았다. “무서워해야 하는 사람은 당신이라고!”

“내가 뭐 하러 그러겠느냐? 나는 네가 날 죽일 거라고 생각하지 않는다, 드레이코. 살인이란 결코 순수한 사람들이 생각하는 것처럼 쉬운 일이 아니니까……. 그러니 말해 보거라, 네 친구들을 기다릴 동안 말이다. 어떻게 그 사람들을 이곳으로 몰래 불러들일 수 있었지? 방법을 알아내기까지 꽤 오래 걸렸을 것 같은데.”

말포이는 소리를 지르거나 토하고 싶은 충동을 억지로 참고 있는 듯했다. 그는 침을 꿀꺽 삼키고 몇 차례 심호흡을 하면서 덤블도어를 노려보았다. 그의 마법 지팡이는 덤블도어의 심장을 곧장 겨누고 있었다. 마침내 말포이가 더 이상 못 참겠는지 입을 열었다. “오랫동안 아무도 쓰지 않고 망가져 있던, 그 사라지는 캐비닛을 고쳐야 했어. 작년에 몬태규가 들어갔다가 실종됐던 물건 말이야."

"아아아."

덤블도어가 신음이 반쯤 섞인 한숨을 내쉬었다. 그는 잠시 눈을 감았다.

"영리하구나……. 그 캐비닛에는 짝이 있을 텐데?"

"다른 하나는 보긴 앤 버크에 있어." 말포이가 말했다. "그리고 그 둘 사이에는 통로 같은 것이 생기지. 몬태규는 호그와트에 있던 캐비닛에 처박혔다가 어딘지 모를 공간에 갇혀 버렸는데, 어떨 때는 학교에서 나는 소리가 들리고 또 어떨 때는 가게에서 나는 소리가 들렸다고 했어. 마치 그 캐비닛이 두 장소를 왔다 갔다 하는 것처럼 말이야. 근데 누구도 자기가 지르는 소리를 듣지 못했대……. 몬태규는 결국 순간이동을 해서 그곳을 빠져나왔어. 순간이동 시험도 아직 안 봤는데. 하마터면 죽을 뻔했다던데. 다들 정말 재미있는 이야깃거리라고 생각했지만 오직 나만은 그것이 뭘 의미하는지 알아차렸지. 심지어 보긴도 몰랐는데 말이야. 망가진 캐비닛을 고치면 호그와트로 들어갈 수 있다는 걸 깨달은 사람은 오직 나 하나뿐이었어."

"정말 대단하구나." 덤블도어가 웅얼거렸다. "죽음을 먹는 자들은 그렇게 보긴 앤 버크를 통해 널 도우러 학교로 들어올 수 있었던 거구나……. 영리한 계획이다. 아주 기발한 계획이야……. 그것도, 네가 말한 대로 내 코앞에서 그런 일을 벌이다니……."

"그래." 말포이가 말했다. 신기하게도 그는 덤블도어의 칭찬에서 용기와 위안을 얻은 것 같았다. "그래, 맞아!"

"한데 가끔은 말이다." 덤블도어가 말을 이었다. "가끔은 캐비닛을 고칠 수 있을 거라는 확신이 들지 않을 때도 있었겠지? 그럴 때 너는 결국 엉뚱한 사람 손에 들어갈 수밖에 없었던 저주받은 목걸이를 나한테 보낸다든가…… 내가 마실 가능성이 아주 적은 벌꿀술에 독을 탄다든가 하는 어설프고 판단력이 떨어지는 방법에 기댔다."

"그래. 뭐, 그래도 당신은 누가 그런 일을 꾸몄는지 몰랐잖아. 안 그래?" 말포이가 비웃었다. 덤블도어는 다리에서 힘이 빠지는 듯 성벽에서 조금 미끄러졌다. 해리는 그를 꼼짝 못 하게 묶고 있는 마법에 맞서 조용히 몸부림쳤지만 아무런 소용도 없었다.

"실은 알고 있었단다." 덤블도어가 말했다. "네가 그랬다고 확신했어."

"그런데 왜 막지 않았지?" 말포이가 물었다.

"막으려 했단다, 드레이코. 스네이프 교수가 내 지시에 따라서 너를 지켜보고 있었······."

"스네이프는 당신 명령에 따른 게 아냐. 그 사람은 우리 어머니한테 날 지켜 주겠다고 약속······."

"스네이프라면 당연히 그렇게 말했을 거다, 드레이코. 하지만······."

"스네이프는 이중 스파이야, 이 멍청한 노친네야. 당신을 위해서 일하는 게 아니라고. 당신이 그렇게 생각하는 것뿐이지!"

"그 점에 대해서는 너와 내 의견이 다르구나, 드레이코. 그게 말이다, 나는 스네이프 교수를 믿는······."

"뭐, 그렇다면 당신 판단력이 떨어지는 거지!" 말포이가 빈정거렸다. "스네이프는 나한테 여러 번 도움을 주겠다고 말했어. 자기가 모든 영광을 독차지하려고 말이야. 뭔가 좀 해 보고 싶었던 거겠지. '뭐 하는 거냐? 그 목걸이 사건도 네가 한 짓이었냐? 멍청한 짓이었다. 그 목걸이 때문에 모든 걸 망칠 수도 있었어.' 하지만 나는 스네이프한테 내가 필요의 방에서 뭘 하고 있는지는 말해 주지 않았어. 내일 스네이프가 일어나면 모든 것이 끝났을 테고 어둠의 왕께서 가장 총애하는 사람도 더 이상 스네이프가 아니게 될 거야. 나와 비교하면 아무것도 아닌 존재가 될 거라고. 아무엇도!"

"아주 흐뭇하겠구나." 덤블도어가 부드럽게 말했다. "물론 우리 모두 노력이 인정받길 원하지……. 하지만 그렇다 하더라도 너에겐 분명 공범이 있었을 거다……. 호그스미드에 있는 누군가가 케이티에게 몰래…… 몰래…… 아아……."

덤블도어는 막 잠에 들려는 것처럼 다시 눈을 감고 고개를 끄덕였다.

"……그래…… 로즈메르타로구나. 로즈메르타가 언제부터 임페리우스 저주에 걸려 있었던 게냐?"

"이제야 알아낸 거야?" 말포이가 피식 웃으며 말했다.

밑에서 또 한 번 고함 소리가 들려왔다. 조금 전보다 더 큰 소리였다. 말포이는 다시 한 번 초조하게 어깨 너머를 돌아보더니 덤블도어에게 시선을 돌렸다. 덤블도어가 말을 이었다. "그럼 가엾은 로즈메르타가 어쩔 수 없이 자신의 가게 화장실에 숨어 있다가, 아무나 혼자 들어오는 호그와트 학생에게 그 목걸이를 건네준 게로구나? 그리고 독을 탄 벌꿀술은…… 글쎄, 당연히 로즈메르타라면 그걸 슬러그혼 교수한테 보내기 전에 널 대신해서 독을 넣을 수 있었겠지. 나한테 보낼 크리스마스 선물이라고 믿으면서 말이야……. 그래, 아주 깔끔하구나…… 깔끔해……. 가엾은 필치 씨는 당연히 로즈메르타가 보낸 술병을 확인할 생각을 하지 않았겠지……. 말해 보거라, 로즈메르타와는 어떻게 의사소통하고 있었던 거냐? 학교를 드나드는 모든 의사소통 수단을 감시하고 있다고 생각했는데."

"동전에 마법을 걸었어." 말포이는 마법 지팡이를 든 손을 격렬하게 떨면서도 계속 말을 할 수밖에 없는 것 같았다. "나랑 그 여자가 하나씩 가지고 있어서 메시지를 보낼 수 있었지."

"그건 작년에 자칭 '덤블도어의 군대'라는 모임에서 사용했던 비밀 의사소통 수단 아니냐?" 덤블도어가 물었다. 그의 목소리는 가볍고 태연했지만, 해리는 그가 말을 하면서 밑으로 살짝 더 미끄러지는 것을 보았다.

"맞아, 걔들한테서 얻은 아이디어야." 말포이가 비틀린 미소를 지으며 말했다. "벌꿀술에 독을 타는 아이디어도 그 머드블러드 그레인저한테서 얻은 거고. 도서관에서 걔가 필치는 마법약을 못 알아본다는 얘기를 하는 걸 들었거든."

"내 앞에서 그 역겨운 단어는 쓰지 말아 다오." 덤블도어가 말했다.

말포이가 거칠게 웃어젖혔다.

"내 손에 죽기 일보 직전인데 '머드블러드'라는 말이 거슬리나 보지?"

"그래, 거슬리는구나." 덤블도어가 말했다. 해리는 덤블도어의 두 발이 똑바로 버티고 서려고 애쓰느라 바닥에서 약간 미끄러지는 것을 보았다. "하지만 드레이코, 나를 곧 죽일 거라 해 놓고 벌써 몇 분이나 지났다. 여기에는 너와 나 단둘뿐이야. 넌 네가 꿈꿨던 그 어떤 모습보다도 무방비 상태인 나를 발견했다. 그런데도 아무런 행동도 하지 않았어⋯⋯."

뭔가 쓰디쓴 것을 맛보기라도 한 듯 말포이의 입이 자기도 모르게 비틀렸다.

"자, 오늘 밤 얘기를 해 보자꾸나." 덤블도어가 말을 이었다. "어떻게 이런 일이 일어났는지 약간 어리둥절해서 말이다. 내가 학교를 비웠다는 사실을 알고 있었느냐? 물론⋯⋯." 그는 자기가 던진 질문에 자기가 답했다. "로즈메르타가 내가 떠나는 걸 봤으니, 틀림없이 너의 그 독창적인 동전을 사용해서 귀띔을 해 주었겠지⋯⋯."

"맞아." 말포이가 말했다. "하지만 로즈메르타는 당신이 그냥 술을 마시러 갔다고 했어. 곧 돌아올 거라고⋯⋯."

"확실히 뭘 마시기는 했다⋯⋯. 그리고 돌아왔지⋯⋯.

그럭저럭 말이다." 덤블도어가 웅얼거렸다. "그러니까 너는 나를 잡을 덫을 치기로 한 게로구나?"

"우리는 천문탑 위에 어둠의 징표를 쏘아 올리기로 했어. 당신이 누가 죽은 줄 알고 빨리 여기 올라오게 하려고 말이야." 말포이가 말했다. "그게 통한 거지!"

"글쎄……. 맞기도 하고 틀리기도 하다." 덤블도어가 말했다. "한데 그렇다면, 그 말을 아무도 살해당하지 않았다는 뜻으로 받아들여도 되겠느냐?"

"누가 죽긴 했어." 말포이가 말했다. 그 말을 내뱉으면서 목소리가 한 옥타브쯤 올라가는 듯했다. "당신 쪽 사람이야……. 누군지는 몰라. 어두웠으니까……. 내가 시체를 넘고 지나갔어……. 당신이 돌아왔을 때 내가 여기에서 기다리기로 되어 있었거든. 당신의 불사조 패거리가 방해했을 뿐이지……."

"그래, 그 친구들이 좀 그렇지." 덤블도어가 말했다.

아래쪽에서 쾅 하는 소리와 더욱더 커진 고함 소리가 들렸다. 덤블도어와 말포이, 해리가 서 있는 곳으로 이어지는 그 나선형 계단에서 싸움이 벌어지는 듯했다. 해리의 심장이 투명해진 가슴속에서 소리 없이 쿵쾅거렸다. 누군가가 죽었다……. 말포이가 시체를 넘고 지나갔다……. 그런데 그게 대체 누굴까?

"어느 모로 보나 시간이 별로 없구나." 덤블도어가 말했다. "그러니 네가 선택할 수 있는 것들에 대해서 얘기해 보자, 드레이코."

"내가 선택할 수 있는 것들이라고?" 말포이가 큰 소리로 말했다. "난 마법 지팡이를 들고 서 있어. 당신을 죽이기 일보 직전이라고."

"애야, 그런 거짓 시늉은 그만두도록 하자. 네가 날 죽일 작정이었다면 처음 무장해제시켰을 때 바로 해치웠겠지. 수단과 방법에 대한 이런 수다가 즐겁기는 하다만, 고작 이런 얘길 하려고 멈추지는 않았을 게다."

"내가 선택할 수 있는 건 아무것도 없어!" 말포이가 악을 썼다. 갑자기 그의 얼굴이 덤블도어만큼이나 하얗게 질렸다. "난 해야만 해! 그분이 날 죽일 거야! 우리 가족을 전부 죽일 거야!"

"네 입장이 얼마나 난처한지는 잘 알고 있다." 덤블도어가 말했다. "내가 왜 지금까지 너를 대놓고 저지하지 않았다고 생각하느냐? 내가 널 의심한다는 사실을 볼드모트 경이 알게 된다면 네가 살해당하리라는 걸 알고 있었기 때문이다."

말포이는 그 이름을 듣고 움찔했다.

"나는 너에게 맡겨진 게 분명한 그 임무를 놓고 너와 감히 이야기를 나눌 수 없었다. 그자가 너에게 레질리먼시를 썼을지도 모르니까." 덤블도어가 말을 이었다. "그러나 이제 마침내 서로 터놓고 이야기할 수 있게 됐구나……. 되돌릴 수 없는 피해는 아무것도 없다. 네가 뜻하지 않게 피해를 입힌 사람들이 살아남았다는 건 대단한 행운이야. 너는 아무도 해치지 않았어……. 내가 도와줄 수 있다, 드레이코."

"아니, 도울 수 없어." 말포이가 말했다. 마법 지팡이를 쥔 그의 손이 정말로 아주 심하게 떨리고 있었다. "아무도 날 도와줄 수 없어. 그분께서 나한테 해내라고, 그러지 못하면 죽인다고 하셨어. 나한텐 선택의 여지가 없어."

"옳은 편으로 돌아서거라, 드레이코. 그러면 우리가 상상할 수 있는 것 이상으로 너를 감쪽같이 숨겨 줄 수 있단다. 그뿐만 아니라 오늘 밤 네 어머니에게 불사조 기사단 단원들을 보내 똑같이 숨겨 줄 수 있어. 네 아버지는 지금 아즈카반에 있지만…… 때가 되면 그 역시 우리가 보호해 줄 수 있다……. 옳은 편으로 돌아서거라, 드레이코……. 너는 살인자가 아니야……."

말포이는 덤블도어를 뚫어지게 바라보았다.

"하지만 여기까지 왔잖아?" 말포이가 천천히 말했다. "사람들은 내가 시도를 하다가 죽을 거라고 생각했지만, 난 여기까지 왔어……. 당신은 내 손안에 있고……. 마법 지팡이를 든 사람은 나야……. 당신 목숨은 내 손에 달려 있다고……."

"아니다, 드레이코." 덤블도어가 조용히 말했다. "지금 중요한 건 내 의지지 네 의지가 아니야."

말포이는 아무런 대꾸도 하지 않았다. 그는 그저 입을 벌린 채 여전히 마법 지팡이를 쥔 손을 부들부들 떨고 있었다. 해리는 말포이가 마법 지팡이를 놓칠 뻔하는 것을 언뜻 본 것 같았다.

하지만 갑자기 쿵쾅거리며 계단을 올라오는 발소리들이 들리고 곧바로 검은색 로브를 걸친 사람 넷이 그들이 있는 성곽으로 뛰어들어 오는 바람에 말포이는 옆으로 밀려났다. 해리는 여전히 마비된 채 부릅뜬 눈을 깜빡이지도 못하고 겁에 질린 눈길로 낯선 네 사람을 뚫어지게 바라봤다. 아래층에서 벌어진 싸움은 죽음을 먹는 자들의 승리로 끝난 것 같았다.

얼굴에 혹이 잔뜩 난 남자가 입술을 기괴하게 비틀며 음흉하게 킬킬거렸다.

"덤블도어가 구석에 몰렸네!" 남자가 말했다. 그는 여동생일 수도 있을 법한, 기대에 가득 차서 웃고 있는 작고 다부진 체격의 여자에게로 돌아섰다. "마법 지팡이가 없는 덤블도어, 혼자 있는 덤블도어! 잘했다, 드레이코. 잘했어!"

"잘 있었나, 아미쿠스." 덤블도어는 다과회에 온 손님을 맞이하기라도 하는 것처럼 태연한 어조로 남자에게 말을 걸었다. "알렉토도 같이 왔군······. 이렇게 반가울 수가······."

여자는 신경질적으로 킬킬댔다.

"그런 시시한 농담을 하면 죽는 순간에 뭔가 도움이 될 줄 아나 보지?" 여자가 빈정거렸다.

"농담? 아니, 아니지. 이건 예의라는 거네." 덤블도어가 대꾸했다.

"해치워." 해리와 가장 가까운 곳에 서 있던 낯선 자가 말했다. 회색 머리카락과 구레나룻이 잔뜩 헝클어져 있는, 덩치가 크고 팔다리가 긴 남자였다. 입고 있는 검은색 죽음을 먹는 자 로브가 불편할 만큼 꽉 죄어 보였다. 짖어 대는 듯한 그 귀에 거슬리는 목소리는 해리가 여태껏 한 번도 들어 본 적 없는 목소리였다. 남자에게서 오물과 땀, 그리고 명백한 피 냄새가 뒤섞인 강렬한 냄새가 풍겼다. 지저분한 두 손에는 누런 손톱이 길게 자라 있었다.

"자넨가, 펜리르?" 덤블도어가 물었다.

"그래." 상대방이 거슬리는 목소리로 대답했다. "날 만나서 반갑나, 덤블도어?"

"아니, 그렇다고는 못 하겠군……."

펜리르 그레이백이 씩 웃으며 뾰족한 이빨을 드러냈다. 피가 그의 턱을 따라 흘러내리자 그는 추잡스럽게 천천히 자기 입술을 핥았다.

"내가 아이들을 얼마나 좋아하는지 알 텐데, 덤블도어."

"그 말은 자네가 이제 보름달이 뜨지 않아도 사람들을 공격한다는 뜻인가? 이건 굉장히 범상치 않은 일이군……. 인육에 맛을 들여서 이제 한 달에 한 번 맛보는 것으로는 만족하지 못한다는 말인가?"

"그래." 그레이백이 말했다. "그래서 충격받았나, 덤블도어? 두려워?"

"뭐, 조금 역겨운 기분이 드는 건 부정할 수 없군." 덤블도어가 말했다. "그리고 맞네. 드레이코가 그 많은 사람 중 하필 자네를 이곳으로 불렀다는 사실이 조금 충격적이야. 친구들이 있는 학교로 말이지……."

"아니야." 말포이가 숨죽여 말했다. 그는 그레이백 쪽은 쳐다보지도 않았다. 눈길조차 주고 싶지 않은 것 같았다. "저자가 올 줄은 몰랐어."

"호그와트로의 외출을 놓치고 싶지 않아서 말이야, 덤블도어." 그레이백이 귀에 거슬리는 목소리로 말했다. "물어뜯을 목덜미들이 있는데……. 그 먹음직스러운 것들을……."

그는 손가락 하나를 들더니 덤블도어를 향해 음흉하게 웃으며 누런 손톱으로 앞니를 쑤셨다.

"당신은 후식으로 해치우면 되겠는데, 덤블도어……."

"아니." 또 다른 죽음을 먹는 자가 날카롭게 말했다. 우락부락하고 험악한 얼굴이었다. "우린 명령을 받았어. 드레이코가 해야 돼. 자, 드레이코. 서둘러라."

말포이는 그 어느 때보다도 마음이 약해진 것 같았다. 덤블도어를 가만히 바라보는 그 얼굴이 겁에 잔뜩 질려 있었다. 한편 덤블도어의 얼굴은 더욱 창백해졌고, 성벽에 기댄 몸은 조금 전보다 더 낮게 미끄러져 내려와 있었다.

"어차피 오래 살아 있을 것 같지 않은데!" 입술이 비뚤어진 남자가 말하자 그의 여동생이 쌕쌕대며 낄낄거리는 소리가 뒤따랐다. "좀 봐. 당신 대체 무슨 일이 있었던 거야, 덤비?"

"아, 면역력이 떨어지고 반사 신경도 느려진 게지, 아미쿠스." 덤블도어가 말했다. "간단히 말하면 나이 탓이네……. 아마 언젠가는 자네한테도 이런 일이 일어날 거야……. 운이 좋다면 말이지……."

"그게 무슨 뜻이지? 응? 그게 무슨 뜻이냐고?" 죽음을 먹는 자가 갑자기 버럭 소리쳤다. "예나 지금이나 똑같군. 안 그래, 덤비? 사실상 하는 일은 아무것도 없이 말만 번지르르하고. 난 어둠의 왕께서 굳이 당신을 죽이려는 이유를 모르겠어! 어서, 드레이코. 해치워!"

하지만 그 순간, 밑에서 또다시 몸싸움하는 소리가 들리더니 어떤 목소리가 소리쳤다. "*놈들이 계단을 막아 놨어. 리덕토!* **리덕토!**"

해리의 가슴이 두근거렸다. 그러니까 이 네 사람은 상대방을 모두 해치운 것이 아니라, 싸움이 벌어지는 곳을 그냥 뚫고 곧장 탑 꼭대기까지 올라온 것이었다. 듣자 하니 그러면서 뒤에 장애물을 만들어 둔 모양이었다.

"자, 드레이코. 어서!" 험악한 얼굴의 남자가 화를 내며 소리쳤다.

하지만 말포이는 손을 너무 심하게 떠는 탓에 덤블도어를 제대로 겨누지도 못했다.

"내가 하지." 그레이백이 이빨을 드러내고 으르렁거리며 손을 앞으로 뻗고 덤블도어에게로 다가갔다.

"안 된다고 했을 텐데!" 험악한 얼굴의 남자가 소리쳤다. 빛이 번뜩이더니 늑대인간이 저만치 나가떨어졌다. 그는 잔뜩 화가 난 얼굴로 성벽에 부딪쳐 비틀거렸다. 해리의 심장이 너무나 격하게 뛰어서, 그가 덤블도어의 주문에 갇힌 채 이곳 성벽에 기대서 있는 것을 아무도 알아채지 못하는 게 불가능해 보일 정도였다. 움직일 수만 있다면, 투명 망토 아래로 마법 지팡이를 겨누고 저주를 걸 수 있을 텐데…….

"드레이코, 빨리 해치워. 아니면 우리 중 누군가가 해치울 수 있게 비키……." 여자가 날카롭게 소리쳤지만, 바로 그 순간 성안으로 통하는 문이 다시 한 번 벌컥 열렸다. 스네이프가 손에 마법 지팡이를 쥐고 문 앞에 서 있었다. 그의 검은 두 눈이 벽에 기대어 주저앉아 있는 덤블도어부터 머리끝까지 화가 난 늑대인간을 포함한 네 명의 죽음을 먹는 자와 말포이까지 모두를 쭉 훑었다.

"문제가 생겼어, 스네이프." 혹이 잔뜩 난 마법사 아미쿠스가 시선과 마법 지팡이를 모두 덤블도어에게 고정한 채 말했다. "아무래도 이 꼬마는 하지 못할…….."

하지만 또 다른 누군가가 무척 조용한 목소리로 스네이프의 이름을 불렀다.

"세베루스……."

그 목소리는 오늘 저녁 해리가 겪었던 그 어떤 일보다도 그를 두렵게 만들었다. 처음으로, 덤블도어가 애원하고 있었다.

스네이프는 아무 말도 하지 않고 앞으로 걸어가더니 거칠게 말포이를 밀쳤다. 죽음을 먹는 자 세 명이 말없이 뒤로 물러났다. 늑대인간조차도 주눅이 든 것 같았다.

스네이프는 잠시 덤블도어를 응시했다. 그의 거친 얼굴 주름에는 혐오와 증오가 새겨져 있었다.

"세베루스…… 부탁하네……."

스네이프는 마법 지팡이를 들어 덤블도어를 곧장 겨누었다.

"아바다 케다브라!"

스네이프의 마법 지팡이 끝에서 녹색 광선 한 줄기가 튀어나가 덤블도어의 가슴을 정통으로 맞혔다. 공포로 가득한 해리의 비명은 조금도 밖으로 새어 나가지 않았다. 그는 아무 소리도 내지 못하고 손가락 하나 움직일 수 없는 상태로, 덤블도어가 공중으로 날아가는 모습을 지켜보고

만 있어야 했다.

찰나의 순간 덤블도어는 번뜩이는 해골 아래에 가만히 매달려 있는 것처럼 보이더니, 곧 거대한 헝겊 인형처럼 성벽 너머 보이지 않는 곳으로 천천히 추락했다.

28장

왕자의 도주

해리는 그 자신도 공중으로 내던져진 것 같은 기분이었다. '그럴 리 없어……. 그랬을 리 없어…….'

"어서 나가." 스네이프가 말했다.

그는 말포이의 목덜미를 잡고 다른 사람들보다 앞서 성 안으로 끌고 갔다. 그레이백과, 흥분으로 숨을 헐떡거리는 땅딸막한 남매가 그 뒤를 따랐다. 그들이 문 너머로 사라지자 해리는 다시 움직일 수 있게 됐다는 사실을 깨달았다. 지금 그를 그 자리에서 꼼짝 못 하게 붙들어 놓고 있는 것은 마법이 아니라 공포와 충격이었다. 그는 험악한 얼굴의 죽음을 먹는 자가 마지막으로 탑 꼭대기를 나서며 문 너머로 사라지려고 하자 투명 망토를 벗어던졌다.

"페트리피쿠스 토탈루스!"

죽음을 먹는 자는 뭔가 단단한 것에 등을 얻어맞은 것처럼 몸을 휙 구부리더니 밀랍 인형처럼 뻣뻣해져서 쓰러졌다. 해리는 그자가 채 바닥에 닿기도 전에 그를 뛰어넘어 어두워진 계단을 달려 내려갔다.

해리의 가슴이 공포로 천 갈래 만 갈래 찢어졌다……. 그는 덤블도어에게 가야 했고 스네이프도 잡아야 했다. 어찌 된 셈인지 그 두 가지 일은 서로 연결되어 있었다……. 두 가지 모두를 해내지 못하면 조금 전에 일어난 일을 되돌릴 수가 없었다……. 덤블도어 교수님이 죽었을 리 없어…….

그는 나선형 계단의 마지막 열 칸을 펄쩍 뛰어내린 다음 마법 지팡이를 들어 올린 채 그 자리에 잠시 멈춰 섰다. 어스레하게 밝혀진 복도는 뿌연 먼지로 가득했다. 천장 절반이 무너져 내린 것 같았고 눈앞에서는 전투가 한창이었는데, 누가 누구랑 싸우는 건지 알아보려 애쓰는 와중에도 그 증오스러운 목소리가 내뱉는 외침이 들려왔다. "다 끝났다, 떠날 시간이야!" 스네이프가 복도 저쪽 모퉁이를 돌아 사라지고 있었다. 그와 말포이는 아무런 피해 없이 싸움터를 뚫고 지나간 것 같았다. 해리가 그들을 뒤쫓아 쏜살같이 달려갈 때, 전투를 벌이던 자 중 한 명이 싸움에서 벗어나 그를 덮쳤다. 늑대인간 그레이백이었다. 놈은 해리가 마법 지팡이를 들어 올릴 새도 없이 그의 몸 위에 올라탔다. 바닥에 등을 대고 누운 해리의 얼굴에 지저분하고 형클어진 머리카락이 닿았다. 땀 냄새와 피 냄새가 뒤섞인 악취가 그의 코와 입을 가득 채우고, 탐욕스러운 뜨거운 숨결이 그의 목구멍을……

"페트리피쿠스 토탈루스!"

해리는 그레이백이 몸 위로 쓰러지는 것을 느꼈다. 그가 온 힘을 다해 늑대인간을 바닥으로 밀어낸 순간 녹색 빛줄기가 그에게 날아왔다. 재빨리 몸을 숙이고 빛줄기를 피한 그는 머리를 앞으로 쭉 빼고 싸움터로 뛰어들었다. 그는 뭔가 물컹하고 미끄러운 것을 밟고 비틀거렸다. 시체 두 구가 피 웅덩이 속에 얼굴을 처박고 바닥에 쓰러져 있었다. 하지만 누군지 살펴볼 겨를이 없었다. 해리의 눈앞에서 빨간색 머리카락이 불꽃처럼 휘날리고 있었던 것이다. 지니는 혹이 잔뜩 난 죽음을 먹는 자, 아미쿠스와 싸움을 벌이고 있었다. 그자가 그녀에게 연달아 공격 마법을 날렸고 지니는 그것들을 피하느라 정신이 없었다. 아미쿠스는 이 장난을 즐기며 낄낄대고 있었다. "크루시오…… 크루시오…… 영원히 그렇게 춤출 수는 없을 텐데, 예쁜아."

"*임페디멘타!*" 해리가 소리쳤다.

그가 날린 저주 마법이 아미쿠스의 가슴에 명중했다. 놈은 돼지처럼 꽥 하고 고통의 비명을 내지르더니 붕 날아가 맞은편 벽에 부딪치고는 주르르 미끄러져 론과 맥고나걸 교수와 루핀 뒤쪽 보이지 않는 곳에 쓰러졌다. 그 세 사람은 제각기 죽음을 먹는 자 한 명과 싸우고 있었다. 그들 뒤로 거구의 금발 남자 마법사와 싸움을 벌이는 통스의 모습이 보였다. 그 남자 마법사가 사방으로 저주를 날리는 바람에 저주들이 벽에 맞고 튕겨 나오면서 돌벽에 균열을 만들고 가까이에 있는 유리창을 박살 냈다.

"해리, 어디 있다가 온 거야?" 지니가 울부짖었지만 대답할 시간은 없었다. 해리는 머리를 숙이고 앞으로 돌진하면서, 머리 위에서 터지며 벽의 파편을 소나기처럼 뿌려 대는 폭발을 가까스로 피했다. 스네이프가 도망치게 놔둬서는 안 된다. 스네이프를 잡아야 한다.

"저거 잡아!" 맥고나걸 교수가 소리쳤다. 해리는 죽음을 먹는 자인 알렉토가 양팔로 머리를 가리고 복도를 따라 전력 질주하는 모습을 보았다. 그녀의 오빠가 바로 그 뒤를 따르고 있었다. 해리는 재빨리 그자들을 쫓아 내달렸지만

무언가에 발이 걸렸고, 다음 순간에는 누군가의 다리 위에
엎어져 있었다. 돌아보니 네빌의 동그란 얼굴이 하얗게 질
린 채 바닥에 납작 눌려 있었다.

"네빌, 괜⋯⋯?"

"⋯⋯찮아." 네빌이 배를 움켜잡고 웅얼거렸다. "해
리⋯⋯ 스네이프랑 말포이가⋯⋯ 저쪽으로 뛰어갔어⋯⋯."

"알아, 내가 쫓고 있어!" 해리가 소리쳤다. 그는 바닥에
누운 채, 이곳에서 벌어지는 혼란 대부분을 일으키고 있던
거구의 금발 머리 죽음을 먹는 자에게 공격 마법을 조준했
다. 그자는 주문을 얼굴에 정통으로 맞고 고통스러운 비명
을 내질렀다. 그러더니 몸을 홱 돌려 비틀거리면서 남매를
뒤따라 쿵쿵거리며 달아났다.

해리는 허둥지둥 바닥에서 일어나 복도를 전력 질주하
기 시작했다. 뒤에서 들리는 폭발음과 돌아오라는 사람들
의 고함, 아직은 운명을 알 수 없는, 바닥에 쓰러진 사람들
의 말없는 외침을 무시한 채⋯⋯.

그는 미끄러지듯 모퉁이를 돌았다. 운동화 밑바닥이 피
로 미끄덩거렸다. 스네이프는 훨씬 앞서 달아난 뒤였다.
혹시 벌써 필요의 방에 있는 캐비닛에 들어간 건 아닐까?
아니면 죽음을 먹는 자들이 그곳으로 후퇴하지 못하도록

기사단이 그 캐비닛을 지키고 있을까? 또 다른 빈 복도를 뛰어가는 해리의 귀에는 쿵쿵거리는 그 자신의 발소리와 심장이 두근거리는 소리만 들려올 뿐이었다. 그런데 그때, 최소 한 명의 죽음을 먹는 자가 성 정문을 향해 도망치고 있다는 사실을 알려 주는 피투성이 발자국이 보였다. 어쩌면 필요의 방은 정말로 막혀 있는지도 몰랐다.

해리가 또 한 번 모퉁이를 미끄러지면서 돈 순간 저주 하나가 그에게 날아왔다. 해리는 황급히 갑옷 뒤로 몸을 날렸다. 저주에 맞은 갑옷이 폭발했다. 저 앞에서 죽음을 먹는 자 남매가 대리석 계단을 달려 내려가는 모습을 본 해리가 그들에게 저주를 날렸지만, 층계참에 걸린 초상화 속 가발 쓴 여자 마법사 몇 명만 맞혔을 뿐이었다. 여자 마법사들이 새된 비명을 지르며 옆에 있는 그림으로 도망쳤다. 해리는 폭발한 갑옷의 잔해를 뛰어넘으면서 더 많은 고함과 비명 소리를 들었다. 성안 사람들이 깨어난 것 같았다…….

그는 그 남매를 따라잡고 스네이프, 말포이와의 거리를 좁힐 생각에 지름길로 돌진했다. 스네이프와 말포이는 지금쯤 교정에 도달했을 게 틀림없었다. 숨겨진 계단 중간에 있는 사라지는 칸 하나를 잊지 않고 뛰어넘은 해리는 계단 아래 있는 태피스트리를 뚫고, 잠옷 차림으로 우왕좌왕하는 후플푸프 학생들이 서 있는 복도로 불쑥 뛰쳐나왔다.

"해리! 무슨 시끄러운 소리를 들었어. 그리고 누가 어둠의 징표가 어쩌고……." 어니 맥밀런이 입을 열었다.

"비켜!" 해리가 남학생 두 명을 옆으로 밀치며 소리쳤다. 그는 층계참으로 질주한 다음 남은 대리석 계단을 내려갔다. 오크나무 정문이 산산조각 나 있었다. 돌이 깔린 바닥에는 핏자국이 있었고, 학생 몇 명이 겁에 질린 채 벽 쪽에 모여 서 있었다. 그중 한둘은 아직도 양팔로 얼굴을 감싼 채였다. 커다란 그리핀도르 모래시계는 저주에 맞아 부서져 있었다. 안에 들어 있던 루비가 시끄럽게 달그락거리며 돌바닥 위로 계속 쏟아졌다.

해리는 날듯이 현관홀을 가로질러 어두운 교정으로 뛰쳐나갔다. 세 사람이 잔디밭을 가로질러 달려가는 모습이 간신히 보였다. 그들은 교문을 향해 가고 있었다. 그곳만 넘어가면 순간이동을 할 수 있을 터였다. 보아하니 그 세 사람은 거구의 금발 머리 죽음을 먹는 자와 그 앞을 조금 앞서 달려가는 스네이프와 말포이였다.

그들을 뒤쫓아 있는 힘을 다해 내달리자 차가운 밤공기가 폐를 찢는 듯했다. 멀찍이서 빛이 번뜩이며 순간 해리가 쫓는 자들의 모습을 비췄다. 해리는 그 빛이 어디서 나온 건지 알 수 없었지만 계속 달렸다. 아직 저주를 제대로 겨냥하기에는 거리가 너무 멀었다.

또 한 번 빛이 번뜩이더니 고함 소리가 들리고 반격이라도 하듯 빛줄기가 날아갔다. 해리는 어떤 상황인지 비로소 이해했다. 오두막에서 달려 나온 해그리드가 죽음을 먹는 자들이 도망치지 못하도록 막으려 하고 있었던 것이다. 숨을 들이쉴 때마다 폐가 갈기갈기 찢어지는 것 같고 결리는 가슴이 불처럼 뜨겁게 느껴졌지만, 해리는 머릿속에 저절로 떠오르는 목소리를 들으며 속도를 올렸다. '해그리드는 안 돼…… 해그리드마저 그래선 안 돼…….'

그때 뭔가가 등을 강타하는 바람에 해리는 앞으로 고꾸라져서 땅바닥에 얼굴을 처박았다. 양쪽 콧구멍에서 피가 줄줄 흘러내렸다. 해리는 바닥을 뒹굴면서도, 그가 지름길을 이용해 앞질렀던 남매가 뒤에서 다가오고 있다는 사실을 알아차리고 마법 지팡이를 쓸 준비를 했다.

"임페디멘타!" 해리는 또다시 몸을 굴려 어두운 땅바닥에 바짝 엎드리며 소리쳤다. 그가 날린 저주 마법이 기적적으로 둘 중 한 명을 명중시켰다. 그자는 비틀거리다 넘어지면서 옆에 있는 사람까지 발을 걸어 넘어뜨렸다. 바닥

에서 벌떡 일어난 해리는 젖 먹던 힘을 다해 스네이프를
뒤쫓았다.

불현듯 구름 뒤에서 드러난 초승달 빛에 비쳐 해그리드
의 거대한 윤곽이 보이기 시작했다. 금발의 죽음을 먹는
자가 숲지기를 향해 끊임없이 저주 마법을 날리고 있었지
만, 해그리드의 어마어마한 힘과 거인 어머니에게서 물려
받은 질긴 피부가 그를 지켜 주고 있는 듯했다. 하지만 스
네이프와 말포이는 여전히 달리고 있었다. 그들은 머잖아
교문을 지나 순간이동을 할 수 있게 될 것이다…….

해리는 죽음을 먹는 자와 싸움을 벌이고 있는 해그리드
를 쏜살같이 지나쳐 스네이프의 등을 겨누고 소리쳤다.
"스튜페파이!"

저주가 빗나갔다. 붉은 빛줄기가 스네이프의 머리를 지
나 하늘로 솟구쳤다. 스네이프가 외쳤다. "도망쳐라, 드레
이코!" 그러더니 그는 돌아섰다. 그와 해리는 20미터쯤 떨
어진 거리에서 서로를 바라보다가 동시에 마법 지팡이를
들어 올렸다.

"크루시……."

하지만 스네이프는 해리가 미처 주문을 마치기도 전에
저주를 쳐 내며 그를 뒤로 날려 버렸다. 해리는 땅바닥을

구르다가 허둥지둥 다시 일어섰다. 그때 그의 등 뒤에서 거구의 죽음을 먹는 자가 소리쳤다. "인센디오!" 해리의 귀에 폭발음이 들리더니, 오렌지색 불꽃이 모두의 머리 위로 춤추듯이 쏟아져 내렸다. 해그리드의 오두막이 불길에 휩싸였다.

"팽이 안에 있는데, 이 악랄한……!" 해그리드가 고함을 질렀다.

"크루시……." 해리가 춤추는 듯한 불빛이 비추는 사람을 겨누며 또다시 소리쳤지만 스네이프는 이번에도 그의 주문을 막아냈다. 해리의 시야에 비웃음 가득한 스네이프의 얼굴이 들어왔다.

"너는 용서받지 못하는 저주를 쓸 수 없다, 포터!" 스네이프가 솟구치는 불길, 해그리드의 고함 소리, 팽이 사납게 짖어 대는 소리 너머로 외쳤다. "넌 그럴 배짱도, 능력도 안 돼."

"인카서……." 해리가 거칠게 소리쳤지만 스네이프는 느긋한 손짓 한 번으로 주문을 튕겨 냈다.

"맞서 싸워!" 해리가 그를 향해 악을 썼다. "맞서 싸우라고, 이 비겁한……."

"내가 비겁하다고, 포터?" 스네이프가 소리쳤다. "네 아버지는 4 대 1이 아니면 결코 나를 공격하지 않았다. 그럼 그놈은 뭐라고 불러야 하지?"

"스튜페……."

"입을 다물고 정신을 차단하는 법을 배우기 전에는 아무리 마법을 써 봤자 계속 막히고, 막히고, 또 막힐 뿐이다, 포터!" 스네이프가 또 한 번 저주를 튕겨 내며 조롱했다. "이제 그만하고 *와라!*" 그가 해리 뒤쪽에 있는 거구의 죽음을 먹는 자에게 외쳤다. "벌써 떠났어야 할 시간이야. 마법 정부 사람들이 나타나기 전에……."

"임페디……."

하지만 주문을 채 끝내기도 전에 마치 고문을 당하는 듯한 고통이 해리를 덮쳤다. 그는 잔디밭 위로 쓰러졌다. 누군가가 비명을 지르고 있었다. 너무나 고통스러워서 꼭 죽을 것만 같았다. 스네이프는 그가 죽거나 혹은 미칠 때까지 그를 고문할 것이다.

"안 돼!" 스네이프의 고함 소리가 들리더니, 시작했을 때만큼이나 갑작스럽게 고통이 싹 사라졌다. 해리는 마법 지팡이를 움켜쥐고 어두운 잔디밭 위에 몸을 웅크린 채 숨을 헐떡였다. 머리 위 어딘가에서 스네이프가 소리를 지르고 있었다. "명령을 잊었나? 포터는 어둠의 왕의 몫이다. 이 녀석은 가만 놔둬야 해! 어서 가라! 가!"

남매와 거구의 죽음을 먹는 자가 스네이프의 지시에 따라 교문으로 달려가자 해리는 얼굴을 대고 있는 땅바닥이 쿵쿵 울리는 것을 느꼈다. 해리는 분노가 치밀어 알아듣기 어려운 고함을 내질렀다. 그 순간만큼은 죽든 살든 아무래도 상관없었다. 땅을 짚고 다시 몸을 일으킨 그는 스네이프를 향해 무작정 비틀비틀 걸어갔다. 이제는 볼드모트만큼이나 증오하게 된 그 사람에게로……

"섹툼……"

스네이프가 마법 지팡이를 가볍게 휘두르자 저주는 또다시 튕겨 나갔다. 하지만 어느새 그에게서 불과 한 발짝 떨어진 곳까지 다가간 해리는 마침내 스네이프의 얼굴을 똑똑히 볼 수 있었다. 그는 더 이상 비웃거나 조롱하고 있지 않았다. 활활 타오르는 불길이 분노로 가득한 그의 얼굴을 비추고 있었다. 해리는 집중력을 모두 끌어 올리며 생각했다. '레비……'

"그렇겐 안 되지, 포터!" 스네이프가 소리쳤다. **쾅** 하는 요란한 소리와 함께 해리는 뒤로 날아가 또다시 땅바닥에 팽개쳐졌다. 이번에는 그의 손에서 마법 지팡이가 날아갔다. 스네이프가 다가왔다. 그는 좀 전의 덤블도어와 마찬가지로 마법 지팡이도 없이 무방비 상태로 쓰러져 있는 해리를 내려다보았다. 해리의 귀에 해그리드가 고함을 지르는 소리와 팽이 울부짖는 소리가 들려왔다. 불타는 오두막 때문에 밝혀진 스네이프의 창백한 얼굴은 덤블도어에게 저주를 날리기 전에 그랬던 것처럼 증오로 가득했다.

"감히 내가 만든 주문을 나한테 사용하는 건가, 포터? 그 주문들을 발명한 건 나다. 나, 혼혈 왕자 말이야! 그런데 내가 만든 주문을 나한테 사용하겠다고? 네 비열한 아버지처럼? 그렇게는 안 되지…… 안 되고말고!"

해리는 마법 지팡이를 향해 몸을 날렸다. 하지만 스네이프가 마법을 쏘자 마법 지팡이는 저 멀리 어둠 속 보이지 않는 곳으로 날아가 버렸다.

"자, 날 죽여." 해리가 헐떡였다. 두려움 따위는 전혀 느껴지지 않았다. 오직 분노와 경멸감만 가득했다. "그분을 죽인 것처럼 날 죽이라고, 이 비겁한……."

"나를……." 스네이프가 고함을 질렀다. 그의 얼굴이 갑자기 미친 사람처럼 일그러지더니 야수처럼 변했다. 마치 그들 뒤에서 불타오르는 오두막 안에 갇힌 채 마구 짖어대며 울부짖는 개만큼이나 고통스러워하는 얼굴이었다. "……비겁하다고 하지 마라!"

그러더니 그는 마법 지팡이를 허공에 대고 휙 휘둘렀다. 해리는 이글이글 타오르는 채찍 같은 뭔가가 얼굴을 후려 치는 것을 느끼고 뒤로 쿵 나가떨어졌다. 눈앞에서 별이 번쩍거리고 잠깐 동안 몸에서 숨이 모두 빠져나간 것 같았다. 그때 머리 위에서 날개 치는 소리가 들리더니 뭔가 거대한 것이 밤하늘의 별들을 가렸다. 벅빅이 스네이프에게 날아들고 있었다. 면도칼처럼 날카로운 발톱이 공격해 오자 스네이프는 비틀거리며 뒤로 물러났다. 해리는 방금 땅바닥에 머리를 부딪친 충격으로 여전히 멍한 가운데 몸을 일으켜 앉아 스네이프가 죽을힘을 다해 달아나는 모습을 바라보았다. 거대한 짐승이 날개를 퍼덕이며 그를 뒤쫓아 가면서, 해리가 한 번도 들어 본 적 없는 소리로 높게 울부짖고 있었다.

힘겹게 바닥에서 일어난 해리는 또 한 번 추격전을 벌이고 싶은 마음에 마법 지팡이를 찾아 주위를 둘러보았다. 하지만 손으로 잔디를 더듬거리며 잔가지들을 집었다 내던지면서도 이미 너무 늦었다는 것을 알고 있었다. 아니나 다를까, 마침내 마법 지팡이를 찾아 들고 몸을 돌렸을 때는 교문 주위를 맴도는 히포그리프만 보일 뿐이었다. 스네이프는 학교 경계선을 넘어가자마자 순간이동을 해서 사라진 뒤였다.

"해그리드." 해리가 아직도 정신이 멍한 채 주위를 둘러보며 웅얼거렸다. "**해그리드?**"

그는 비틀비틀 불타는 집을 향해 다가갔다. 그때 어떤 거대한 형체가 팽을 등에 짊어지고 불길 속에서 뛰쳐나왔다. 해리는 감사한 마음에 울음을 터뜨리며 털썩 무릎을 꿇었다. 팔다리가 부들부들 떨리고 온몸이 쑤셨다. 숨을 쉬면 칼로 찌르는 것 같은 고통이 느껴졌다.

"괜찮냐, 해리? 괜찮아? 말을 해 봐, 해리……."

수염 덥수룩한 해그리드의 거대한 얼굴이 해리 위에서 왔다 갔다 하며 별들을 가렸다. 해리는 나무 탄 냄새와 개털이 그을린 냄새를 맡았다. 손을 뻗자 안심될 정도로 따뜻한 살아 있는 팽의 몸이 옆에서 떨고 있는 것이 느껴졌다.

"전 괜찮아요." 해리가 헐떡였다. "아저씨는요?"

"당연히 괜찮지……. 그 정도로는 날 끝장낼 수 없어."

해그리드는 해리의 양팔 아래로 손을 집어넣어 그를 번쩍 들어 올렸다. 해리의 발이 순간적으로 땅에서 떨어지나 싶더니 해그리드가 그를 똑바로 일으켜 세워 주었다. 해리는 해그리드의 한쪽 눈 밑에 깊숙이 난 상처에서 피가 흘러나와 뺨으로 줄줄 흘러내리는 것을 보았다. 그 눈은 빠르게 부어오르고 있었다.

"아저씨네 집 불부터 꺼야죠." 해리가 말했다. "주문이 아구아멘티……."

"그 비슷한 거였다는 건 안다." 해그리드가 웅얼거리더니, 연기를 피워 올리는 분홍색 꽃무늬 우산을 들고 외쳤다. "아구아멘티!"

우산 끝에서 물줄기가 뿜어져 나왔다. 해리도 납덩이처럼 느껴지는 팔로 마법 지팡이를 들고 "아구아멘티"라고 중얼거렸다. 그와 해그리드는 마지막 불길이 꺼질 때까지 함께 오두막에 물을 퍼부었다.

"이 정도는 걱정 없어." 잠시 후 해그리드가 연기가 피어오르는 오두막 잔해를 바라보며 희망차게 말했다. "덤블도어 교수님이 못 고치는 건 없으니까……."

그 이름을 듣자 해리는 가슴속이 타오르는 듯한 고통을 느꼈다. 침묵과 정적 속에서 그의 안으로 두려움이 밀려들었다.

"해그리드……."

"놈들이 오는 소리를 들었을 때 나는 보우트러클 두 마리의 다리에 붕대를 매 주고 있었어." 해그리드는 무너져 내린 오두막을 슬픈 듯 바라보면서 말을 이었다. "보우트

러클들은 불타서 잔가지가 되어 버렸을 거야. 불쌍하기도 하지…….”

“해그리드…….”

“근데 대체 무슨 일이 일어난 거냐, 해리? 난 조금 전의 그 죽음을 먹는 자들이 성에서 달려 나오는 것만 봤을 뿐이야. 망할 놈의 스네이프는 그자들하고 뭘 하고 있었던 거야? 어디로 간 거지? 놈들을 쫓고 있었던 건가?”

“스네이프가…….” 해리는 목을 가다듬었다. 두려움과 연기 때문에 목구멍이 바싹 말라 있었다. “해그리드, 스네이프가 죽였어요…….”

“죽였다고?” 해그리드가 해리를 내려다보며 큰 소리로 물었다. “누굴? 무슨 소리냐, 해리?”

“덤블도어 교수님요.” 해리가 말했다. “스네이프가…… 덤블도어 교수님을 죽였어요.”

해그리드는 그를 멀뚱멀뚱 바라보기만 했다. 조금밖에 드러나지 않은 그의 맨 얼굴은 해리의 말을 전혀 이해하지 못하겠다는 듯 멍한 빛을 띠고 있었다.

“덤블도어 교수님이 뭐 어떻게 됐다고, 해리?”

“돌아가셨다고요. 스네이프가 죽였어요…….”

“그런 말 마라.” 해그리드가 거친 목소리로 말했다. “스네이프가 덤블도어 교수님을 죽이다니…… 바보 같은 소리 하지 마라, 해리. 왜 그런 말을 하는 거냐?"

"제가 봤어요."

"그럴 리가."

"제 눈으로 똑똑히 봤다고요, 해그리드."

해그리드는 고개를 저었다. 믿지 못하는 표정을 짓는 한편 해리를 가엾게 여기는 듯했다. 해리가 머리에 충격을 받고 혼란한 상태라고 생각하는 것이었다. 아니면 저주의 후유증으로 그렇게 됐을지도 모른다고…….

"틀림없이 덤블도어 교수님이 스네이프한테 그 죽음을 먹는 자들이랑 같이 가라고 말씀하셨을 거야." 해그리드가 확신 가득한 말투로 말했다. "계속 위장하고 있으라고 말이야. 자, 학교로 데려다주마. 어서, 해리……."

해리는 더 이상 뭐라고 대꾸하거나 설명하려 들지 않았다. 그는 아직도 걷잡을 수 없이 온몸을 떨고 있었다. 해그리드도 금방 알게 될 것이다. 너무도 금방……. 해그리드와 함께 성으로 발걸음을 향하면서 해리는 성의 수많은 창문에 불이 밝혀져 있는 것을 보았다. 사람들이 이 방 저 방으로 옮겨 다니면서 죽음을 먹는 자들이 학교에 들어왔다는 소식을 전하고, 어둠의 징표가 호그와트 하늘 위에서 빛나고 있다느니, 누군가가 살해당한 게 틀림없다느니 떠들어 대는 광경이 눈앞에 선명하게 떠올랐다.

저 앞에 활짝 열린 오크나무 정문에서 흘러나온 빛이 성으로 향하는 길과 잔디밭을 비추고 있었다. 사람들이 잠옷 바람으로 머뭇머뭇 계단을 천천히 내려와, 죽음을 먹는 자들이 어둠 속으로 도망치면서 남긴 흔적을 찾아 불안하게 주위를 두리번거리고 있었다. 하지만 해리의 눈길은 가장 높은 탑 아래 땅바닥에 붙박여 있었다. 그곳 잔디밭 위에 잔뜩 웅크린 검은 덩어리 하나가 널브러져 있는 광경이 보이는 것만 같았다. 사실 그런 게 보이기에는 아직 너무 멀리 떨어져 있었는데도. 덤블도어의 시신이 쓰러져 있을 거라고 생각되는 곳을 말없이 지켜보고 있는데 사람들이 그쪽으로 움직이기 시작했다.

"다들 뭘 보는 거지?" 해리와 함께 성 앞에 다다랐을 때 해그리드가 말했다. 팽은 될 수 있는 대로 그들의 발꿈치에 바짝 붙어서 쫓아왔다. "저기 잔디밭 위에 있는 게 뭐야?" 이제는 천문탑 아래 사람들이 작게 무리를 이루고 서 있는 곳을 향해 가면서 해그리드가 날카롭게 다시 물었다. "보이냐, 해리? 천문탑 바로 밑에 있는 것 말이야. 어둠의 징표가 떠 있는 곳 아래…… 제기랄…… 누가 떨어진 건……?"

해그리드는 말을 딱 멈췄다. 소리 내어 말하기에는 너무 끔찍한 생각이었던 것이다. 해리는 그와 나란히 걸음을 옮기면서, 30분 동안 다양한 공격 마법에 얻어맞은 얼굴과 다리가 아파 오는 것을 느꼈다. 그런데 희한하게도 근처에 있는 다른 누군가가 그 고통을 겪고 있기라도 한 것처럼 거리감이 느껴졌다. 무엇보다 현실적이고 피할 수 없는 고통은 그의 가슴을 끔찍하게 짓누르는 압박감이었다…….

그와 해그리드는 멍하니 웅성거리는 사람들을 헤치고, 놀라서 할 말을 잃은 학생들과 선생들이 비워 놓은 틈으로 바로 앞까지 다가갔다.

해리는 고통과 충격으로 가득한 해그리드의 신음 소리를 들었지만 멈춰 서지 않았다. 그는 덤블도어가 쓰러져 있는 곳까지 천천히 걸어가 그 곁에 웅크리고 앉았다.

해리는 덤블도어가 그에게 걸어 놓은 전신 묶기 저주가 풀린 그 순간부터 희망이 전혀 없다는 사실을 알고 있었다. 그런 일은 오직 마법을 건 사람이 죽었을 때만 가능하기 때문이었다. 하지만 팔다리를 뻗고 으스러진 채 여기에 쓰러져 있는 덤블도어의 모습을 볼 준비는 되어 있지 않았다. 덤블도어는 해리가 여태껏 만났던, 그리고 앞으로 만나게 될 마법사 가운데 가장 위대한 마법사였다.

덤블도어의 눈은 감겨 있었다. 팔다리가 이상한 각도로 뻗어 있지만 않았다면 잠든 것처럼 보였을 것이다. 해리는 손을 뻗어 구부러진 코에 아무렇게나 걸쳐진 반달 안경을 바로잡고, 입에서 흘러나온 한 줄기 피를 소매로 닦아 냈다. 그런 다음 총기 가득한 그 나이 든 얼굴을 가만히 내려다보며 좀처럼 이해할 수 없는 어마어마한 진실을 받아들이려고 애썼다. 다시는 덤블도어의 목소리를 들을 수 없으리라는 것, 다시는 그에게 도움을 받을 수 없으리라는 것⋯⋯.

해리의 등 뒤에서 사람들이 웅성거렸다. 길게만 느껴지는 시간이 지나고서야 그는 자기가 뭔가 딱딱한 물건 위에 무릎을 꿇고 앉아 있다는 사실을 알아차리고 아래를 내려다보았다.

몇 시간 전에 겨우 훔쳐 냈던 로켓이 덤블도어의 주머니에서 떨어져 나와 있었다. 땅에 떨어질 때의 충격 탓인지 로켓 뚜껑이 열려 있었다. 이미 느끼고 있는 것 이상의 충격이나 두려움, 슬픔도 느낄 수 없는 상태였지만 그 로켓을 집어 들던 해리는 뭔가 잘못됐다는 것을 깨달았다⋯⋯.

그는 손에 든 로켓을 뒤집어 보았다. 이 로켓은 펜시브에서 본 것만큼 크지도 않았고, 겉에 슬리데린의 상징이라고 여겨지는 정교한 'S'자는커녕 아무런 표시도 새겨져 있지 않았다. 게다가 그 안에는 사진을 넣을 자리에 꼬깃꼬 깃 접어서 쑤셔 넣어져 있는 양피지 조각 말고는 아무것도 들어 있지 않았다.

해리는 자기가 뭘 하는지도 모른 채 무의식적으로 양피 지 조각을 꺼내서 펼친 다음, 이제는 그의 등 뒤를 밝히고 있는 수많은 마법 지팡이 불빛에 비춰 보았다.

어둠의 왕에게.

나는 당신이 이걸 읽기 한참 전에 죽을 테지만, 당신의 비밀을 밝혀 낸 사람이 바로 나라는 사실을 알려 주고 싶었소.

나는 진짜 호크룩스를 훔쳐 냈고 가능한 한 빨리 그것을 파괴할 생각이오.

당신이 다시 한 번 필멸의 몸이 되어 호적수를 만나길 바라며 나는 이만 죽음을 맞이하겠소.

R.A.B.

해리는 이 메시지가 무엇을 뜻하는지 알 수 없었고 관심 도 없었다. 오직 한 가지 사실만이 중요했다. 이건 호크룩 스가 아니라는 것. 덤블도어는 아무 의미도 없이 그 끔찍 한 마법약을 마시고 힘을 잃은 것이다. 해리는 손에 쥔 양피지를 구겨 버렸다. 그의 눈에 뜨거운 눈물이 차올랐다. 등 뒤에서 팽이 울부짖기 시작했다.

29장
불사조의 비가

"이리 와라, 해리……."

"싫어요."

"여기 계속 있을 수는 없어, 해리……. 이제 그만 가자……."

"싫어요."

그는 덤블도어의 곁을 떠나고 싶지 않았다. 그곳이 어디든 가고 싶지 않았다. 그의 어깨에 놓인 해그리드의 손이 부들부들 떨렸다. 그때 또 다른 목소리가 들렸다. "해리, 어서."

훨씬 작고 따뜻한 손이 그의 손을 잡아 일으켰다. 그는 아무 생각 없이 그 힘에 몸을 맡겼다. 멍하니 다시 사람들을 헤치고 걸어갈 때에야 그는 공기 중에 떠도는 꽃향기의 흔적 덕분에 그를 성으로 이끌고 있는 사람이 지니라는 사실을 깨달았다. 알아들을 수 없는 목소리들이 그의 귀를 두드리고 흐느끼는 소리와 고함 소리, 울부짖는 소리가 어둠을 꿰뚫었지만 해리와 지니는 계속 걸음을 옮겨 현관홀로 들어가는 계단을 올랐다. 해리의 시야 양옆으로 사람들의 얼굴이 어른거렸다. 그들은 수군거리면서 어리둥절한 얼굴로 그를 뚫어지게 쳐다보고 있었다. 대리석 계단을 향해 가는데, 그리핀도르 모래시계에서 쏟아져 나온 루비들이 바닥에서 반짝거렸다.

"병동으로 갈 거야." 지니가 입을 열었다.

"나 안 다쳤어." 해리가 대꾸했다.

"맥고나걸 교수님 명령이야." 지니가 말했다. "다들 거기에 있어. 론도, 헤르미온느도, 루핀 교수님도, 모두⋯⋯."

또 한 번 두려움이 해리의 가슴속을 휘저어 놓았다. 그가 뒤로하고 떠났던, 그 움직이지 못하던 사람들을 잊고 있었다니.

"지니, 또 누가 죽었어?"

"걱정 마, 우리 중에 죽은 사람은 아무도 없어."

"하지만 어둠의 징표가⋯⋯ 말포이가 누군가의 시체를

밟았다고 했는데……."

"말포이가 밟고 지나간 건 빌이야. 하지만 괜찮아, 빌은 살아 있어."

하지만 해리는 그녀의 목소리에 안 좋은 일일 게 뻔한 어떤 조짐이 깃들어 있는 것을 알아차렸다.

"진짜야?"

"당연하지……. 그저 좀…… 좀 상태가 안 좋을 뿐이야. 그레이백한테 공격당했거든. 폼프리 선생님은 오빠가…… 오빠가 더 이상 전과 같은 모습은 아닐 거라고……." 지니의 목소리가 약간 떨렸다. "사실 어떤 후유증이 있을지는 아무도 몰라. 그러니까 내 말은, 그레이백이 늑대인간이긴 하지만 공격 당시에 변신한 상태는 아니었으니까."

"그럼 다른 사람들은…… 바닥에 쓰러져 있는 사람들이 또 있었는데……."

"네빌이 병동에 있긴 한데 폼프리 선생님 말로는 문제없이 회복될 거래. 플리트윅 교수님도 정신을 잃으셨지만 괜찮아. 조금 불안정하시긴 하지만. 빨리 가서 래번클로 애들을 돌봐야 한다고 계속 고집을 부리시거든. 그리고 죽음을 먹는 자 한 명이 죽었어. 그 덩치 큰 금발 머리가 사방으로 날린 살해 저주에 맞아서. 해리 네가 준 펠릭스 마법약이 없었으면 우리 모두 죽었을 거야. 하지만 공격이란 공격은 죄다 우리를 그냥 비껴가는 것 같았어."

두 사람은 병동에 도착했다. 병동 문을 열자, 문 근처 침대에 잠들어 있는 네빌이 보였다. 론과 헤르미온느, 루나, 통스, 루핀은 병동 저 끝에 있는 다른 침대 주위에 모여 있었다. 문 열리는 소리에 모두가 고개를 들고 그쪽을 쳐다보았다. 헤르미온느가 달려와 해리를 껴안았다. 루핀도 걱정스러운 얼굴로 앞으로 나섰다.

"괜찮니, 해리?"

"전 괜찮아요…… 빌은요?"

아무도 대답하지 않았다. 해리는 헤르미온느의 어깨 너머를 바라보았다. 빌의 베개 위에 누워 있는 그 얼굴은 너무나 심하게 베이고 뜯긴 탓에 누군지 알아볼 수 없는 건 둘째 치고 기괴해 보일 정도였다. 폼프리 선생이 웬 고약한 냄새가 나는 녹색 연고를 그의 상처에 살살 발라 주고 있었다. 해리는 스네이프가 섹툼셈프라 주문에 당한 말포이의 상처를 손쉽게 치료했던 것을 떠올렸다.

"일반 마법 같은 걸로 치료할 수 없나요?" 그가 폼프리 선생에게 물었다.

"이 상처에는 그 어떤 일반 마법도 통하지 않는단다." 폼프리 선생이 말했다. "내가 아는 건 다 시도해 봤지만, 늑대인간한테 물린 상처에는 치료법이 없어."

"하지만 보름달이 떴을 때 물린 게 아니잖아요." 바라보고만 있으면 빌이 낫기라도 할 것처럼 형의 얼굴을 뚫어지게 내려다보던 론이 말했다. "그레이백은 변신을 하지 않은 상태였어요. 그러니까 당연히 빌이 진짜 그, 그렇게 될 리는……?"

그는 머뭇거리며 루핀을 바라보았다.

"그래, 빌이 진짜 늑대인간이 될 것 같지는 않다." 루핀이 말했다. "하지만 그렇다고 전혀 감염되지 않았을 거라는 뜻은 아니야. 이건 저주받은 상처다. 완전히 치유될 가능성은 굉장히 낮아. 그리고…… 그리고 이제부터 빌은 어느 정도 늑대 같은 성향을 갖게 될지도 모른다."

"그래도 덤블도어 교수님이 손을 쓰면 뭔가 통할지도 몰라요." 론이 말했다. "덤블도어 교수님은 어디 계세요? 빌은 덤블도어 교수님의 명령에 따라 그 미친놈들하고 싸운 거예요. 덤블도어 교수님은 형한테 빚이 있다고요. 이런 상태로 그냥 내버려 두면 안 되죠."

"론…… 덤블도어 교수님은 돌아가셨어." 지니가 말했다.

"그럴 리가!" 루핀은 미친 듯이 지니에게서 해리에게로 눈을 돌렸다. 마치 해리가 지니의 말에 반박하기를 바라기라도 하는 듯했다. 하지만 해리가 아무 말도 하지 않자, 루핀은 두 손에 얼굴을 묻으며 빌의 침대 옆에 있는 의자에 무너지듯 주저앉았다. 해리는 루핀이 이렇게 자제력을 잃은 모습은 여태껏 처음 보았다. 마치 개인의 은밀한 사생활을 함부로 침범한 듯한 기분이 든 그는 얼른 고개를 돌려 대신 론과 눈을 마주쳤다. 그들은 말없이 시선을 주고받으며 지니가 한 말이 사실임을 확인했다.

"어떻게 돌아가셨어?" 통스가 속삭였다. "어쩌다 그런 일이 생긴 거지?"

"스네이프가 죽였어요." 해리가 말했다. "제가 거기 있었어요. 제 눈으로 똑똑히 봤어요. 덤블도어 교수님이랑 저는 어둠의 징표가 떠 있는 것을 보고 천문탑으로 올라갔어요······. 덤블도어 교수님은 상태가 많이 안 좋았고 허약해진 상태였지만 계단을 뛰어올라 오는 발소리를 들었을 때는 그게 함정이라는 걸 깨달으신 것 같아요. 교수님이 저한테 마법을 걸어서 꼼짝도 못 하게 되는 바람에 저는 아무것도 할 수 없었어요. 전 투명 망토를 뒤집어쓴 상태였고요······. 그때 말포이가 들어와서 교수님을 무장해제시

켰어요."

헤르미온느가 입을 틀어막았고 론은 신음했다. 루나의 입술이 파르르 떨렸다.

"죽음을 먹는 자들이 몇 명 더 도착했고…… 스네이프 가…… 스네이프가 교수님을 죽였어요. 아바다 케다브라 로." 해리는 더 이상 말을 잇지 못했다.

폼프리 선생이 울음을 터뜨렸다. 지니 말고는 누구도 폼 프리 선생을 신경 쓰지 않았다. 지니가 속삭였다. "쉿! 들 어 보세요!"

폼프리 선생은 꿀꺽 울음을 삼키며 눈을 휘둥그렇게 뜨 고 손을 들어 입술을 눌렀다. 어둠에 휩싸인 바깥 어디에 선가 불사조의 노랫소리가 들려왔다. 해리가 한 번도 들어 본 적 없는 그 노래는 처절할 정도로 아름답고 비탄에 젖 어 있는 비가였다. 해리가 예전에도 느꼈던 것처럼, 불사 조의 노래는 바깥 어딘가가 아니라 그의 몸 안에서 들려오 는 것 같았다. 그 자신의 슬픔이 마법처럼 노래로 변해 성 의 창문들을 뚫고 학교 전체에 울려 퍼지는 듯했다.

해리는 얼마나 오랫동안 그 자리에 서서 노래를 듣고 있 었는지, 비통한 마음의 소리에 귀 기울이는 일이 어째서 그들의 고통을 조금이나마 덜어 주는 것처럼 느껴지는지 알지 못했다. 하지만 병동 문이 다시 열리고 맥고나걸 교수가 병동에 들어섰을 때는 꽤 오랜 시간이 지난 것처럼 느껴졌다. 다른 사람들과 마찬가지로 그녀에게도 조금 전까지 전투를 치른 흔적이 남아 있었다. 얼굴은 긁힌 상처 투성이였고 로브는 찢겨서 너덜너덜해져 있었다.

"몰리와 아서가 오고 있습니다." 그녀가 말하자 음악의 마법은 깨져 버렸다. 모두 최면 상태에서 깨어나기라도 한 듯 정신을 가다듬고 다시 고개를 돌려 빌을 바라보거나 눈을 비비면서 고개를 흔들었다. "해리, 어떻게 된 일이냐? 해그리드 말로는 네가 덤블도어 교수님과 같이 있었다던데, 그분이…… 그 일이 일어났을 때 말이다. 해그리드는 스네이프 교수가 관련돼 있다고…….

"스네이프가 덤블도어 교수님을 죽였어요." 해리가 말해 주었다.

그녀는 잠시 그를 뚫어지게 바라보더니 걱정스러울 정도로 휘청거렸다. 어느새 제정신을 차린 듯한 폼프리 선생이 얼른 달려와 허공에서 의자 하나를 만들어 내더니 맥고나걸 뒤에 밀어 놓았다.

"스네이프가……." 맥고나걸이 의자에 주저앉으며 희미한 목소리로 되풀이했다. "우리는 모두 의아하게 여겼지만…… 그분은 항상…… 믿으셨는데…… 스네이프가……
믿을 수가 없어…….”

"스네이프는 매우 뛰어난 오클루먼스였습니다." 루핀이
그답지 않게 야멸찬 목소리로 말했다. "우리 모두 예전부
터 알고 있던 사실이죠."

"하지만 덤블도어 교수님은 스네이프가 우리 편이라고
맹세까지 하셨잖아." 통스가 속삭였다. "그래서 난 항상 덤
블도어 교수님이 스네이프에 대해 우리가 모르는 뭔가를
알고 계시는 게 틀림없다고 생각했는데…….”

"덤블도어 교수님은 늘 스네이프를 믿는 데는 철석같은
이유가 있다고 넌지시 말씀하시곤 했습니다." 맥고나걸 교
수가 가장자리에 격자무늬가 들어간 손수건으로 눈물이
흐르는 눈가를 훔치며 중얼거렸다. "그러니까…… 스네
이프의 이력도 그렇고…… 사람들이 의심하는 게 당연한
데…… 하지만 덤블도어 교수님은 나한테 스네이프는 분
명 진심으로 뉘우쳤다고 확실하게 말씀하셨어요……. 스
네이프에게 불리한 말은 아예 듣지 않으려고 하셨습니다!"

"스네이프가 도대체 무슨 말을 했길래 덤블도어 교수님
이 그렇게 군은 믿음을 갖게 됐는지 정말 궁금하네요." 통
스가 말했다.

"저는 알아요." 해리가 말했다. 모두가 고개를 돌려 그를 바라보았다. "볼드모트가 우리 엄마 아빠를 추적할 수 있도록 그자에게 정보를 넘긴 자가 바로 스네이프였어요. 그래 놓고 덤블도어 교수님한테 자기가 무슨 짓을 저지른 건지 몰랐다고, 그런 짓을 한 것을 정말 후회한다고 말하면서 두 분이 돌아가신 것을 안타까워했대요."

"그런데 덤블도어 교수님이 그 말을 믿었다고?" 루핀이 그랬을 리가 없다는 듯 말했다. "제임스가 죽어서 안타깝다는 스네이프의 말을 덤블도어 교수님이 믿었단 말이냐? 스네이프는 제임스를 증오했는데……."

"그리고 엄마도 하찮은 존재로 여겼죠." 해리가 말했다. "우리 엄마는 머글 태생이었으니까요. 그자는 엄마를 '머드블러드'라고 불렀어요……."

해리가 그 사실을 어떻게 알았는지 묻는 사람은 아무도 없었다. 모두가 사건의 어마어마한 진실을 받아들이려 애쓰며 엄청난 충격에 잠겨 있는 듯했다.

"이건 전부 내 잘못입니다." 맥고나걸 교수가 불쑥 입을 열었다. 그녀는 혼란에 빠진 듯 눈물 젖은 손수건을 배배 꼬았다. "내 잘못이에요. 오늘 밤 내가 필리우스한테 스네이프를 데려와 달라고 했습니다. 내가 스네이프에게 사람

을 보내 빨리 와서 도와 달라고 말했다고요! 스네이프에게
무슨 일이 벌어지고 있는지 알지 않았더라면 그자가 죽
음을 먹는 자들에게 가세하는 일은 아예 없었을지도 모릅
니다. 필리우스가 연구실에 가서 말해 주기 전까지는 죽음
을 먹는 자들이 학교에 와 있다는 것도 몰랐을 거예요. 놈
들이 오고 있는 줄도 몰랐을 텐데."

"교수님 잘못이 아닙니다." 루핀이 단호하게 말했다. "우
리한테는 더 많은 도움이 필요했습니다. 스네이프가 도와
주러 오는 줄 알고 다들 기뻐했잖아요······."

"그러니까, 스네이프가 싸움터에 도착해서 죽음을 먹는
자들 편에 가담했다는 건가요?" 스네이프의 이중성과 파
렴치함을 낱낱이 파헤치려는 마음에 해리가 물었다. 그는
스네이프를 증오하고 그자에게 복수를 맹세할 구실을 하
나라도 더 찾고 싶었다.

"정확히 무슨 일이 벌어졌는지는 모르겠다." 맥고나걸
교수가 마음이 산란한 듯 말했다. "모든 게 너무 혼란스럽
구나······. 덤블도어 교수님은 우리에게 당신은 몇 시간 정
도 학교를 비울 테니 만약을 대비해서 복도를 순찰해야 한
다고 말씀하셨다······. 리머스, 빌, 님파도라가 우리와 함
께하기로 되어 있었어. 그래서 우리는 순찰을 했다. 모든

게 고요하기만 했지. 우린 학교 밖으로 나가는 모든 비밀 통로를 감시했어. 우리가 알기로는 누구도 빗자루를 타고 학교로 날아들어 올 수 없었고. 성의 입구마다 강력한 마법이 걸려 있었지. 난 아직도 죽음을 먹는 자들이 대체 어떻게 들어올 수 있었는지 모르겠다……."

"그건 제가 알아요." 해리가 말했다. 그는 사라지는 캐비닛 한 쌍과 그것들이 서로 연결되어 만들어지는 마법 통로에 대해 간단히 설명했다. "그자들은 그런 식으로 필요의 방으로 들어온 거예요."

해리는 무심결에 론과 헤르미온느를 힐끔 바라보았다. 둘 다 큰 충격을 받은 표정이었다.

"내가 일을 망쳤어, 해리." 론이 암담한 목소리로 말했다. "우린 네가 말한 대로 했어. 도둑 지도를 살펴보다가 말포이가 보이지 않길래 그 자식이 필요의 방에 있는 게 틀림없다고 생각했어. 그래서 나랑 지니, 네빌이 그곳을 지켜보러 갔고……. 근데 말포이가 우리를 따돌렸어."

"우리가 지켜보기 시작한 지 한 시간쯤 지난 뒤에 필요의 방에서 나오더라." 지니가 말했다. "혼자 있었어. 그 괴상하게 쭈그러든 팔을 움켜쥐고……."

"영광의 손 말이야." 론이 말했다. "들고 있는 사람한테만 빛을 비춰 주는 그거, 기억나지?"

"아무튼" 하고, 지니가 말을 이었다. "분명 말포이는 죽음을 먹는 자들이 밖으로 나오기 전에 주위에 장애물은 없는지 확인했던 걸 거야. 걔가 우리를 보자마자 공중에 뭔가를 던지니까 사방이 온통 깜깜해졌거든."

"페루산 즉석 암흑 가루였어." 론이 씁쓸하게 말했다. "프레드랑 조지의 작품이지. 대체 사려는 사람이 누군지는 알고 물건을 파는 건지 따져야겠어."

"우리는 온갖 마법을 써 봤어. '루모스'에, '인센디오'에……." 지니가 말했다. "하지만 어떤 마법도 그 어둠을 밝히지 못했어. 우리가 할 수 있는 거라곤 손으로 앞을 더듬거리면서 그 복도를 빠져나오는 것뿐이었지. 그러는 동안 사람들이 우리를 지나쳐서 달려가는 소리가 들렸어. 말포이는 그 손인지 뭔지 하는 것 때문에 확실히 앞을 볼 수 있었고 그걸로 그 사람들을 안내하고 있었어. 하지만 우리는 혹 서로를 맞히게 될까 봐 저주든 뭐든 감히 쓸 수가 없었어. 그리고 마침내 밝은 복도에 도착했을 때 놈들은 이미 사라지고 없었어."

"다행히……." 루핀이 쉰 목소리로 말했다. "론, 지니, 네빌과 곧바로 마주친 덕분에 우리는 무슨 일이 벌어졌는지

다 알게 됐다. 그리고 조금 이따가 죽음을 먹는 자들이 천문탑 쪽으로 가는 걸 발견했지. 말포이는 분명 더 많은 사람이 감시하고 있었을 거라고는 예상 못 했을 거야. 어쨌든 가지고 있던 암흑 가루는 다 써 버린 것 같았지. 싸움이 시작되자 그자들은 사방으로 흩어졌고 우리는 추격을 시작했다. 그중 한 명인 기번이 우리의 포위망을 빠져나가서 천문탑 계단을 올라갔어."

"어둠의 징표를 쏘아 올리려고요?" 해리가 물었다.

"그래, 틀림없이 그랬겠지. 필요의 방을 나서기 전에 미리 계획을 세워 두었을 거야." 루핀이 말했다. "하지만 기번은 천문탑 위에서 혼자 덤블도어를 기다리고 싶지는 않았던 것 같아. 싸움에 가담하려고 다시 계단을 달려 내려오다가 나를 아슬아슬하게 비껴간 살해 저주에 맞고 말았거든."

"론이 지니, 네빌과 함께 필요의 방을 감시하고 있었다면……." 해리가 헤르미온느에게 고개를 돌리며 말했다. "넌……?"

"그래, 스네이프의 연구실 앞을 지키고 있었어." 헤르미온느가 눈에 눈물이 그렁그렁한 채 속삭였다. "루나랑 같이. 우린 연구실 앞을 엄청 오래 서성거리고 있었는데 아

무 일도 일어나지 않았어……. 도둑 지도는 론이 갖고 있
었으니까 위층에서 무슨 일이 벌어지는지도 몰랐고…….
플리트윅 교수님이 지하 감옥으로 달려 내려오신 건 자정
이 다 되었을 때였어. 성에 죽음을 먹는 자들이 들어왔다
고 소리치고 계셨는데, 루나랑 내가 거기 있다는 건 알아
채지 못하신 것 같아. 그냥 스네이프의 연구실로 뛰어들어
가서서 스네이프한테 자기랑 같이 가서 도와야 한다고 말
씀하시는 소리가 들렸어. 그런 다음 쿵 하는 요란한 소리
가 들리더니 스네이프가 연구실에서 뛰어나오다가 우리를
봤고…… 그리고…….”

“그리고 뭐?” 해리가 그녀를 재촉했다.

“내가 너무 멍청했어, 해리!” 헤르미온느가 새된 목소리
로 속삭였다. “스네이프는 플리트윅 교수님이 쓰러졌다
면서 우리한테 연구실에 들어가서 그분을 돌봐 드리라고
했어. 자기는 가서 죽음을 먹는 자들과 싸우는 걸 돕겠다
고…….”

그녀는 부끄러움에 얼굴을 가리더니 손가락 사이로 말
을 이었다. 그 바람에 말소리를 알아듣기가 어려웠다.

“우리는 플리트윅 교수님을 도와 드리려고 스네이프의
연구실로 들어갔어. 그리고 교수님이 정신을 잃고 바닥에

쓰러져 있는 걸 봤어……. 그리고, 아, 지금 생각해 보니 너무 뻔한 일이야. 스네이프가 플리트윅 교수님한테 기절 마법을 건 거야. 하지만 그때는 몰랐어, 해리. 그때는 몰랐다고. 우린 그냥 스네이프가 가도록 내버려 둔 거야!"

"네 잘못이 아니다." 루핀이 단호하게 말했다. "헤르미온느, 네가 스네이프 말에 순순히 비키지 않았더라면 그자는 아마 너와 루나를 죽였을 거야."

"그래서, 그다음에 위로 올라온 거구나." 해리가 말했다. 그는 마음속 눈으로 대리석 계단을 달려 올라가는 스네이프를 지켜보았다. 언제나처럼 등 뒤로 검은색 로브를 펄럭이며, 계단을 오르는 길에 망토 아래서 마법 지팡이를 꺼내 든 그를……. "그리고 다들 싸움을 벌이고 있던 장소를 발견했고……."

"힘든 상황이었어. 우리가 밀리고 있었거든." 통스가 나직한 목소리로 말했다. "기번은 쓰러졌지만 나머지 죽음을 먹는 자들은 죽기를 각오하고 싸우는 것처럼 보였어. 네빌은 다치고, 빌은 그레이백에게 무자비하게 공격당하고…… 온통 어두운 데다 사방으로 저주가 날아다니고…… 그 와중에 말포이 녀석이 사라진 거야. 그 자리를 몰래 빠져나가 계단을 통해 천문탑으로 올라간 게 틀림없었지. 그다음 더 많은 자들이 그 애를 뒤쫓아 뛰어갔고 그중 한 명이 무슨 저주를 걸어서 계단을 막았어……. 네빌이 거기에 뛰어들었다가 공중에 내팽개쳐지고 말았지."

"아무도 거길 뚫고 지나갈 수가 없었어." 론이 말했다. "그 덩치 큰 죽음을 먹는 자가 여전히 사방에 저주를 날리고 있었고, 그 마법들이 벽에 맞고 튕겨 나와서 우리를 아슬아슬하게 비껴갔어."

"그때 스네이프가 온 거야." 통스가 말했다. "그러더니 금방 사라졌어……."

"스네이프가 우리한테 달려오는 걸 봤는데, 그 직후에 그 덩치 큰 죽음을 먹는 자가 날린 저주가 나를 스쳐 지나가는 바람에 몸을 숙여야 했고 그때부터는 어떻게 됐는지 알 수가 없었어." 지니가 말했다.

"내가 보니까 스네이프는 저주로 만든 방어막이 아예 거기에 있지도 않은 것처럼 곧장 지나쳐 달려가더구나." 루핀이 말했다. "내가 뒤를 쫓으려 했지만 네빌과 마찬가지로 내동댕이쳐지고 말았지."

"우리가 모르는 주문을 알고 있었던 게 틀림없습니다." 맥고나걸이 속삭였다. "어쨌거나, 스네이프는 어둠의 마법 방어법 교수였으니까요……. 난 그냥 스네이프가 천문탑으로 도망친 죽음을 먹는 자들을 좇는 줄만 알았는데……."

"그랬죠." 해리가 매섭게 말했다. "놈들을 막으려는 게 아니라 돕기 위해서였지만요……. 그리고 장담하는데, 그 방어막을 지나가려면 어둠의 징표가 있어야 했을 거예요. 아무튼, 스네이프가 다시 내려온 다음에는 어떻게 됐어요?"

"그 덩치 큰 죽음을 먹는 자가 그 순간 공격 마법을 마구 날려서 천장을 반쯤 무너뜨리고 계단을 막고 있던 저주도 깨뜨렸다." 루핀이 말했다. "우린 모두 앞으로 달려갔어. 어쨌거나, 그때까지 버티고 있던 사람들은 말이다. 그때 스네이프랑 그 말포이 녀석이 먼지구덩이 속에서 튀어나왔다. 당연히 우리 중 누구도 그들을 공격하지 않았지."

"그냥 지나가게 놔뒀어." 통스가 공허한 목소리로 말했다. "그 둘이 죽음을 먹는 자들에게 좇기고 있는 거라고 생각했거든. 그다음엔 또 다른 죽음을 먹는 자들과 그레이백이 나타나서 우린 다시 싸움을 벌였지. 스네이프가 뭐라고 소리치는 걸 들은 것 같은데, 뭐라고 했는지는 모르겠어."

"'끝났다'라고 소리쳤어요." 해리가 말했다. "하려던 일을 끝냈으니까."

모두 침묵에 휩싸였다. 폭스가 부르는 비가가 아직도

창밖 어두운 교정에 메아리치고 있었다. 그 노래가 허공
에 울려 퍼지는 가운데, 예상치 못한 데다가 달갑지도 않
은 생각들이 해리의 머릿속으로 슬금슬금 밀려들어 왔
다⋯⋯. 사람들이 덤블도어 교수님의 시신을 탑 아래에서
모셔 왔을까? 그다음에는 어떻게 할까? 덤블도어 교수님
은 어디에 묻히지? 그는 주머니 속에서 주먹을 꽉 쥐었다.
오른손 손마디에 작고 차가운 가짜 호크룩스가 닿았다.

병동 문이 벌컥 열리는 바람에 모두가 깜짝 놀라 펄쩍
뛰었다. 위즐리 부부가 병동 안으로 허겁지겁 걸어 들어왔
고 플뢰르가 그들을 바로 뒤따라 들어왔다. 그녀의 아름다
운 얼굴은 잔뜩 겁에 질려 있었다.

"몰리⋯⋯ 아서⋯⋯." 맥고나걸 교수가 벌떡 일어나 그
들을 맞이했다. "뭐라고 해야 할지⋯⋯."

"빌." 위즐리 부인은 엉망진창이 된 빌의 얼굴을 보자마
자 맥고나걸 교수를 쏜살같이 지나쳐 침대로 다가가며 속
삭였다. "아, 빌!"

루핀과 통스가 재빨리 일어나 위즐리 부부가 침대에 가
까이 다가갈 수 있도록 물러났다. 위즐리 부인은 아들 위로
몸을 숙이고 피투성이가 된 이마에 입술을 가져다 댔다.

"그레이백한테 공격을 당했다고 하셨습니까?" 위즐리

씨가 정신 나간 사람처럼 맥고나걸 교수에게 물었다. "그런데 놈이 변신한 상태는 아니었다고요? 그게 무슨 뜻입니까? 빌은 어떻게 되는 거죠?"

"아직 모릅니다." 맥고나걸 교수가 힘없이 루핀 쪽을 바라보며 말했다.

"아마 어느 정도 감염이 됐을 겁니다, 아서." 루핀이 말했다. "이건 특수한 경우예요. 유일한 경우일지도 모르죠……. 빌이 깨어났을 때 어떤 행동을 보일지는 알 수가 없습니다."

위즐리 부인이 폼프리 선생에게서 고약한 냄새가 나는 연고를 받아 들고 빌의 상처에 살살 바르기 시작했다.

"그리고 덤블도어 교수님이……." 위즐리 씨가 말했다. "미네르바, 그게 사실입니까……? 그분이 정말로……?"

맥고나걸 교수가 고개를 끄덕일 때 해리는 지니가 옆을 지나가는 것을 느끼고 그녀를 바라보았다. 그녀는 살짝 가늘게 뜬 눈으로, 빌을 내려다보는 플뢰르의 딱딱한 얼굴을 빤히 쳐다보고 있었다.

"덤블도어 교수님이 돌아가셨다니." 위즐리 씨가 중얼거렸지만 위즐리 부인의 눈에는 그녀의 맏아들밖에 보이지 않는 것 같았다. 그녀가 흐느껴 울기 시작하자 엉망진창이

된 빌의 얼굴 위로 눈물이 뚝뚝 떨어졌다.

"물론 빌의 얼굴이 어떻게 되든 그건 중요하지 않아……. 외모는 저, 정말로 중요한 게 아니니까……. 하지만 그렇게 잘생긴 어, 얼굴이…… 정말 잘생긴 아이였는데…… 곧 겨, 결혼도 하려고 했는데!"

"그게 무승 뜻이죠?" 플뢰르가 불쑥 큰 소리로 내뱉었다. "결혼을 하려고 했다니 그게 무승 뜻이에요?"

위즐리 부인은 깜짝 놀란 표정을 지으며 눈물로 얼룩진 얼굴을 들었다.

"그거야…… 그냥……."

"빌이 더 이상 저랑 결혼하길 웡하지 않을 거라고 생각하시능 겅가요?" 플뢰르가 따지듯 물었다. "늑대인간항테 물린 상처 때뭉에 절 사랑하지 않을 거라고 생각하세요?"

"아니, 그런 뜻이 아니라……."

"빌응 여전히 저를 사랑할 거예요!" 플뢰르는 몸을 꼿꼿이 세우고 은빛 도는 풍성한 금발을 뒤로 젖히며 말했다. "늑대인간 따위가 저에 대항 빌의 사랑을 막을 수능 없다고요!"

"뭐, 그래. 나도 그렇게 생각한다." 위즐리 부인이 말했다. "하지만 내 생각엔 어쩌면…… 빌이 저렇게…… 저렇게 돼서……."

"제가 빌이랑 결혼하고 싶어 하지 않을 거라 생각하싱 겅가요?" 플뢰르는 화가 나서 씩씩거리며 말했다. "빌의 얼굴이 어떻게 되듕 제가 그걸 상관할 것 같응가요? 우리 둘항테는 제 아름다움만으로도 충분하다고 생각해요! 이 흉터들응 제 남편이 용감한 사람이라능 걸 보여 주능 증거 예요! 그리고 약 발라 주능 건 제가 할게요!" 그녀는 사납 게 덧붙이더니 위즐리 부인을 옆으로 밀치고 연고를 빼앗 아 들었다.

위즐리 부인은 뒤로 밀려나 남편에게 기댄 채 아주 묘한 표정을 지으며, 플뢰르가 빌의 상처를 닦아 주는 모습을 지켜보았다. 누구도 입을 열지 않았다. 해리는 감히 움직 일 수가 없었다. 모두와 마찬가지로 그 또한 뭔가 터져 나 오기를 기다리고 있었다.

"우리 뮤리엘 왕고모님께……." 위즐리 부인이 꽤 오랜 침묵 끝에 입을 열었다. "아주 아름다운 왕관 머리 장식이 있단다. 고블린이 만든 거야. 내가 말씀드리면 결혼식 때 너에게 그걸 빌려주실 거야. 뮤리엘 왕고모님은 빌을 매우 예뻐하시거든. 네 머리카락이랑 잘 어울려서 아주 사랑스 러워 보일 거야."

"고맙습니다." 플뢰르가 딱딱한 목소리로 말했다. "붕명 사랑스럽겠죠."

다음 순간, 두 여자는 울면서 서로를 껴안고 있었다. 해리는 어쩌다 그런 일이 일어났는지 정확히 이해할 수 없었다. 그는 세상이 이상하게 돌아가는 건 아닐까 궁금해하면서 한껏 당황한 얼굴을 딴 데로 돌렸다. 론은 해리만큼이나 충격을 받은 표정이었고, 지니와 헤르미온느는 놀란 눈길을 주고받고 있었다.

"봐!" 왠지 절박하게 들리는 어떤 목소리가 말했다. 통스가 루핀을 노려보고 있었다. "빌이 물렸는데도 결혼하고 싶어 하잖아! 상관하지 않는다고!"

"이건 경우가 달라." 루핀은 갑자기 긴장한 얼굴로 입술을 거의 움직이지 않고 말했다. "빌은 완전한 늑대인간이 되지는 않을 거야. 엄연히 경우가……."

"하지만 나도 상관없어. 상관없다고!" 통스가 루핀의 로브 앞자락을 쥐고 흔들어 대며 말했다. "백만 번은 말했잖아……."

그러자 형태가 변한 통스의 패트로누스와 그녀의 쥐색 머리카락, 누군가가 그레이백에게 공격을 당했다는 소문이 돌았을 때 그녀가 덤블도어를 만나려고 황급히 달려온 이유가 해리의 머릿속에서 선명해졌다. 통스가 사랑에 빠진 사람은 시리우스가 아니었던 것이다.

"나도 백만 번은 말했어." 루핀은 통스와 눈을 마주치지 않으려고 바닥을 뚫어지게 바라보며 말했다. "난 당신에 비해 너무 나이가 많고, 너무 가난하고…… 너무 위험하고……."

"당신이 이 문제에 대해 터무니없는 변명만 늘어놓고 있다고 내가 누누이 말했죠, 리머스." 플뢰르의 등을 토닥여 주던 위즐리 부인이 그녀의 어깨 너머로 말했다.

"터무니없는 변명을 하는 게 아닙니다." 루핀이 꿋꿋하게 말했다. "통스는 더 젊고 멀쩡한 사람과 함께할 자격이 있어요."

"하지만 통스는 당신을 원하잖아요." 위즐리 씨가 살짝 미소를 지으며 말했다. "그리고 어쨌거나, 리머스, 젊고 멀쩡한 사람이라도 언제까지나 그 상태일 거라는 보장은 없어요." 그는 그들 사이에 누워 있는 자기 아들을 애처롭게 손짓했다.

"지금은…… 그런 얘기를 할 때가 아닙니다." 루핀은 모두의 눈길을 피하면서 심란한 듯 주위를 둘러보았다. "덤블도어 교수님이 돌아가셨어요……."

"덤블도어 교수님은 이 세상에 서로 사랑하는 사람들이 조금이라도 더 존재한다는 걸 알면 누구보다도 기뻐하셨을 겁니다." 맥고나걸 교수가 딱 잘라 말했다. 바로 그때 병동 문이 열리며 해그리드가 들어왔다.

그의 얼굴에서 머리카락이나 턱수염에 가려지지 않은 얼마 안 되는 부분은 눈물로 흠뻑 젖고 퉁퉁 부어 있었다. 그는 큼직한 물방울무늬 손수건을 든 채 눈물을 흘리며 몸을 부르르 떨고 있었다.

"마…… 마무리했습니다, 교수님." 그가 목멘 목소리로 말했다. "오, 옮겨 드렸어요. 스프라우트 교수님이 학생들을 침실로 돌려보냈고요. 플리트윅 교수님은 누워 계시지만 조금만 있으면 괜찮아지실 거라고 하고, 슬러그혼 교수님은 정부에 연락을 취하셨다고 했어요."

"애썼습니다, 해그리드." 맥고나걸 교수가 곧바로 의자에서 일어서더니 침대 주위에 모여 있는 사람들을 둘러보며 말했다. "정부에서 사람들이 오면 내가 그들을 맞이해야 할 겁니다. 해그리드, 기숙사 담임 교수님들한테…… 슬리데린 기숙사는 슬러그혼 교수님이 대신 맡아 줄 수 있을 겁니다. 즉시 내 연구실에서 만나 뵈었으면 좋겠다고 전해 주세요. 당신도 같이 참석했으면 좋겠습니다."

해그리드가 고개를 끄덕이며 돌아서서 힘없이 걸어 나가자 맥고나걸 교수가 해리를 내려다보았다.

"교수님들을 만나기 전에 잠깐 얘기 좀 나눴으면 좋겠구나, 해리. 같이 가 주겠니……?"

해리는 자리에서 일어나 론과 헤르미온느와 지니에게 "좀 있다 보자"라고 중얼거리고는 맥고나걸 교수를 따라 병동을 나섰다. 병동 바깥의 복도는 텅 비어 있었고, 들리는 것이라고는 오직 아득히 울려 퍼지는 불사조의 노랫소리뿐이었다. 그들이 지금 향하고 있는 곳이 맥고나걸 교수의 연구실이 아니라 덤블도어의 연구실이라는 사실을 해리가 알아차린 건 시간이 조금 지나서였다. 그리고 곧, 당연히 맥고나걸 교수가 교장 대행이 되었다는 사실도 깨달았다……. 이제 그녀는 분명 교감이 아니라 교장이었다……. 그러니 가고일 석상이 지키고 있는 연구실도 이제 그녀의 것이었다…….

그들은 아무 말 없이 움직이는 나선형 계단을 타고 올라가 둥근 연구실에 들어섰다. 해리는 자신이 뭘 기대했던 건지 알 수가 없었다. 연구실에 검은 휘장이 둘러져 있거나, 어쩌면 덤블도어의 시신이라도 안치되어 있을지 모른다고 생각했을까? 사실 연구실은 겨우 몇 시간 전 그와 덤블도어가 그곳을 떠날 때와 거의 똑같은 모습이었다. 은제 기구들은 다리가 가는 탁자들 위에서 웅웅거리며 증기를 뿜어냈고, 유리 상자에 들어 있는 그리핀도르의 검이 달빛을 받아 빛나고 있었으며, 기숙사 배정 모자는 책상 뒤 선반에 놓여 있었다. 하지만 폭스의 횃대는 비어 있었다. 폭스는 아직도 교정을 향해 애도의 노래를 부르고 있었다. 그리고 세상을 떠난 역대 호그와트 교장들 사이에 새로운 초상화가 더해져 있었다……. 책상 위에 있는 황금색 액자 속에서 덤블도어가 꾸벅꾸벅 졸고 있었다. 구부러진 코에 반달 안경을 걸친 채 평화롭고 아무 걱정 없는 표정으로…….

맥고나걸 교수는 그 초상화를 한차례 힐끗 쳐다본 다음 마음을 다잡듯 이상한 동작을 취하고 책상을 빙 돌아가서 해리를 바라보았다. 팽팽하게 긴장한 얼굴에 주름이 잔뜩 져 있었다.

"해리." 그녀가 말했다. "너랑 덤블도어 교수님이 오늘 저녁 학교를 비우고 뭘 하고 있었던 건지 알고 싶구나."

"그건 말씀드릴 수 없어요, 교수님." 해리가 말했다. 그는 이 질문을 예상했고 이미 대답을 준비해 두었다. 덤블도어는 바로 이 방에서 그에게 론과 헤르미온느 외에는 누구에게도 수업 내용에 대해 털어놔서는 안 된다고 말했다.

"해리, 중요한 일일지도 모른다." 맥고나걸 교수가 다시 말했다.

"중요한 일 맞아요." 해리가 말했다. "아주 중요한 문제예요. 하지만 덤블도어 교수님이 아무한테도 말하지 말라고 하셨어요."

맥고나걸 교수가 그를 뚫어지게 바라보았다.

"포터. (해리는 그녀가 그를 다시 '포터'라는 성으로 불렀다는 사실을 깨달았다.) 덤블도어 교수님이 돌아가셨으니 너도 상황이 조금 달라졌다는 사실을 알아야 할 거다."

"저는 그렇게 생각하지 않아요." 해리가 어깨를 으쓱하며 말했다. "덤블도어 교수님은 당신이 돌아가시면 더 이상 지시를 따르지 않아도 된다고 말씀하신 적 없어요."

"하지만……."

"하지만 정부 사람들이 도착하기 전에 교수님이 꼭 아셔야 할 게 한 가지 있어요. 로즈메르타 씨는 임페리우스 저주에 걸려 있어요. 로즈메르타 씨가 말포이와 함께 죽음을 먹는 자들을 돕고 있었어요. 그래서 그 목걸이랑 독을 탄 벌꿀술이……."

"로즈메르타가?" 맥고나걸 교수가 믿을 수 없다는 듯 말

했다. 하지만 그녀가 말을 이을 새도 없이 뒤에서 문 두드
리는 소리가 들리더니 스프라우트, 플리트윅, 슬러그혼 교
수가 터덜터덜 연구실 안으로 들어왔다. 여전히 눈물을 펑
펑 쏟아 내고 있는 해그리드가 거대한 몸을 슬픔으로 부르
르 떨며 그 뒤를 따랐다.

"스네이프가!" 슬러그혼이 다짜고짜 내뱉었다. 그는 누
구보다도 충격받은 얼굴로 하얗게 질린 채 땀을 뻘뻘 흘리
고 있었다. "스네이프 그놈이! 내가 그 녀석을 가르쳤어!
그놈을 잘 안다고 생각했는데!"

하지만 누군가가 대꾸할 겨를도 없이 벽 저 높은 곳에
서 날카로운 목소리가 들려왔다. 검은색 머리카락에 앞머
리를 짧게 자른 병색이 완연한 얼굴의 남자 마법사가 비어
있던 자기 캔버스로 막 돌아온 것이다.

"미네르바, 곧 총리가 도착할 거요. 방금 정부에서 순간
이동 하더이다."

"고맙습니다, 에버라드." 맥고나걸 교수가 답례하고는
재빨리 교수들을 향해 눈을 돌렸다.

"총리가 도착하기 전에 호그와트를 어떻게 할지 얘기해
봤으면 합니다." 그녀가 빠르게 말을 이었다. "저는 개인
적으로 다음 학기에 과연 학교를 열어야 할지 확신이 서지

않습니다. 우리 동료 교수 중 한 사람의 손에 교장 선생님
이 목숨을 잃은 일은 호그와트의 역사에 남을 치명적인 오
점입니다. 너무나 끔찍한 일이에요."

"덤블도어 교수님이라면 분명 학교를 계속 열어 놓기를
바라셨을 거예요." 스프라우트 교수가 말했다. "단 한 명의
학생이라도 오고 싶어 한다면 학교는 그 학생을 위해 문을
열어 놔야 한다고 생각합니다."

"하지만 이런 일이 있었는데 학교에 오고 싶어 하는 학
생이 한 명이라도 있겠소?" 슬러그혼이 이제는 땀이 흐르
는 이마를 비단 손수건으로 가볍게 훔치며 말했다. "학부
모들은 자식을 집에 붙잡아 두고 싶어 할 거고, 그걸 탓할
수도 없소. 나야 개인적으로 호그와트가 다른 곳보다 특별
히 더 위험할 거라고는 생각하지 않지만 학부모들도 그렇
게 생각하기를 기대할 수는 없지. 그들은 가족끼리 모여
있고 싶어 할 거요. 그건 자연스러운 일이지."

"저도 같은 의견입니다." 맥고나걸 교수가 말했다. "어쨌
거나 덤블도어 교수님께서 호그와트가 문을 닫는 상황을
한 번도 그려 보지 않았다고 하면 그건 사실이 아니겠지
요. 비밀의 방이 다시 열렸을 때 덤블도어 교수님은 학교
를 닫는 것까지 고려했었습니다. 그리고 저에게는 덤블도

어 교수님이 살해당한 일이 성안 깊숙한 곳에 슬리데린의
괴물이 살고 있다는 소식보다 더 충격적입니다…….”

“학교 이사들과 의논해야 해요.” 플리트윅 교수가 특유
의 꽥꽥거리는 목소리로 작게 말했다. 그는 이마에 큰 멍
자국이 있었지만 그 외에는 스네이프의 연구실에서 당한
일로 상처를 입지는 않은 것 같았다. “정해진 절차를 따라
야지요. 성급하게 결정해서는 안 됩니다.”

“해그리드, 당신은 아무 말도 하지 않는군요.” 맥고나걸
교수가 말했다. “어떻게 생각합니까? 호그와트를 계속 열
어 두어야 할까요?”

대화가 계속되는 동안에도 큼직한 물방울무늬 손수건에
얼굴을 묻고 조용히 흐느끼고 있던 해그리드가 이제야 빨
갛게 부은 눈을 들고 쉰 목소리로 말했다. “잘 모르겠습니
다, 교수님…… 그건 기숙사 담임 교수님들과 교장 선생님
이 결정하실 일이라…….”

“덤블도어 교수님은 항상 당신의 의견을 귀담아들으셨
습니다.” 맥고나걸 교수가 다정하게 말했다. “나도 마찬가
지고요.”

“글쎄요, 저는 남을 겁니다.” 해그리드가 말했다. 여전히
그의 눈에서 굵직한 눈물이 흘러나와 엉킨 턱수염으로 흘

러내리고 있었다. "호그와트는 제 집이에요. 열세 살 때부터 쭉 그랬죠. 그리고 저에게 배우고 싶어 하는 아이들이 있다면, 전 가르칠 겁니다. 하지만…… 모르겠어요……. 덤블도어 교수님이 안 계신 호그와트라니……."

그가 침을 꿀꺽 삼키고는 또 한 번 손수건에 얼굴을 묻자 한동안 침묵이 이어졌다.

"잘 알겠습니다." 맥고나걸 교수가 창밖의 교정을 쓱 내다보고 총리가 오고 있는지 확인하면서 말을 이었다. "그럼 저는 이사들과 의논하는 게 옳다는 필리우스의 의견에 따르도록 하지요. 이사들이 최종 결정을 내릴 겁니다. 그리고 학생들을 집으로 돌려보내는 문제는…… 늦추기보다 빨리 처리하는 게 좋다는 의견이 있습니다. 필요하다면, 내일이라도 호그와트 급행열차가 오도록 조치할 수 있……."

"덤블도어 교수님의 장례식은요?" 해리가 마침내 입을 열었다.

"글쎄……." 활기가 조금씩 줄어들면서 맥고나걸 교수가 떨리는 목소리로 말했다. "내가…… 내가 알기로 덤블도어 교수님은 이곳, 호그와트에 묻히길 바라셨지만……."

"그럼 그렇게 하면 되잖아요?" 해리가 격한 어조로 말했다.

"정부에서 그것이 적절하다고 판단하면 그럴 수 있다."
맥고나걸 교수가 말했다. "다른 교장 선생님은 어떤 분
도……."

"어떤 교장 선생님도 덤블도어 교수님만큼 이 학교에 헌
신하지는 않았어요." 해그리드가 거칠게 내뱉었다.

"덤블도어 교수님의 마지막 안식처는 호그와트가 되어
야 해요." 플리트윅 교수가 말했다.

"그렇고말고요." 스프라우트 교수가 맞장구를 쳤다.

해리가 말했다. "그렇다면, 장례식이 끝날 때까지는 학
생들을 집으로 돌려보내시면 안 돼요. 다들 하고 싶은 말
이…… 그러니까……."

마지막 말이 목구멍에 걸려 나오지 않았지만 스프라우
트 교수가 해리 대신 문장을 맺어 주었다.

"작별 인사 말이구나."

"말 한번 잘했다." 플리트윅 교수가 꽥꽥거렸다. "정말
잘했어! 우리 학생들은 경의를 표해야 해요. 그게 맞아요.
집으로 돌아가는 방법은 언제든지 마련할 수 있어요."

"저도 같은 의견입니다." 스프라우트 교수가 힘주어 말
했다.

"내 생각에는…… 그래요……." 슬러그혼이 조금 고민되

는 목소리로 말했고, 해그리드는 동의한다는 뜻으로 숨 막힌 듯 흐느끼는 소리를 냈다.

"오고 있군요." 맥고나걸 교수가 교정을 내려다보며 불쑥 말했다. "총리가…… 보아하니, 파견단을 이끌고 온 것 같습니다……."

"전 가도 될까요, 교수님?" 해리가 곧바로 물었다.

오늘 밤에는 루퍼스 스크림저를 만나거나 그에게 취조당하고 싶은 마음이 전혀 없었다.

"가도 좋다." 맥고나걸 교수가 말했다. "서두르거라."

그녀는 성큼성큼 걸어가 해리를 위해 문을 열어 주었다. 해리는 빠르게 나선형 계단을 내려가서 텅 빈 복도로 접어들었다. 투명 망토를 천문탑 꼭대기에 두고 왔지만, 상관없었다. 복도에는 그가 지나가는 것을 볼 사람이 아무도 없었다. 필치도, 노리스 부인도, 피브스도 보이지 않았다. 그는 그리핀도르 휴게실로 향하는 통로에 다다를 때까지 누구와도 마주치지 않았다.

"사실이냐?" 그가 다가가자 뚱뚱한 귀부인이 속삭였다. "그게 정녕 사실이냐? 덤블도어가…… 죽었다는 게?"

"네." 해리가 대답했다.

그녀는 소리 내어 울부짖더니, 암호를 듣지도 않고 앞으로 홱 젖혀져 해리를 들여보내 주었다.

예상한 대로 휴게실은 사람들로 북적였다. 그가 초상화 구멍으로 들어오자 순간 휴게실이 찬물을 끼얹은 듯 조용해졌다. 딘과 셰이머스가 근처에 다른 아이들과 함께 앉아 있는 게 보였다. 이는 틀림없이 침실이 텅 비어 있거나, 아니면 거의 비어 있을 거라는 뜻이었다. 해리는 누구에게도 말을 걸지 않고, 누구와도 눈을 마주치지 않고 곧장 휴게실을 가로질러 남학생 기숙사로 통하는 문으로 들어갔다.

그가 바라던 대로 론이 아직 옷도 갈아입지 않고 침대에 앉아 기다리고 있었다. 해리가 자신의 사주식 침대에 앉자 그들은 잠깐 동안 그저 서로를 바라보았다.

"학교를 닫는다는 얘기가 나왔어." 해리가 말했다.

"루핀이 그럴 거라고 하더라." 론이 말했다.

잠시 침묵이 흘렀다.

"그래서?" 가구들이 엿듣기라도 한다는 것처럼 론이 아주 나지막한 목소리로 물었다. "찾았어? 갖고 왔어? 그……호크룩스 말이야."

해리는 고개를 저었다. 그 검은 호수에서 일어난 모든 일이 이제는 오래된 악몽처럼 느껴졌다. 그런 일이 일어난 게 정말로 겨우 몇 시간 전이란 말인가?

"못 가져왔다고?" 론이 의기소침해진 표정으로 물었다. "거기에 없었어?"

"응." 해리가 대답했다. "누가 벌써 가져가고, 그 자리에다가 가짜를 남겨 뒀어."

"벌써 가져갔다고?"

해리는 말없이 주머니에서 가짜 로켓을 꺼내 뚜껑을 열고 론에게 건네주었다. 자세한 이야기는 나중에도 할 수 있었다……. 오늘 밤에는 전혀 중요하지 않은 이야기였다……. 끝, 그 의미 없는 모험의 끝, 덤블도어 삶이 끝났다는 사실 말고는 어떤 것도 중요하지 않았다…….

"R.A.B." 론이 중얼거렸다. "그런데 이 사람은 누굴까?"

"모르겠어." 해리는 옷을 입은 그대로 침대에 벌렁 드러누워 멍하니 위를 바라보았다. 그는 R.A.B.가 누구인지 전혀 궁금하지 않았다. 앞으로 다시 호기심을 느끼기는 할지 의심스러웠다. 가만히 누워 있던 해리는 문득 교정이 조용해진 것을 깨달았다. 어느새 폭스의 노랫소리가 멈춰 있었다.

그리고 그는, 그걸 어떻게 알았는지는 모르겠지만, 불사조가 떠나 버렸다는 것을 깨달았다. 폭스는 호그와트를 영원히 떠나 버렸다. 덤블도어가 학교를, 이 세상을…… 해리 곁을 떠나 버린 것처럼.

30장
하얀무덤

수업이 모두 중단되고 시험도 전부 연기되었다. 이어지는 며칠 사이 몇몇 학생이 부모들의 손에 이끌려 허둥지둥 호그와트를 떠났다. 쌍둥이 파틸 자매는 덤블도어가 죽은 다음 날, 아침 식사 시간이 되기도 전에 가 버렸고, 재커라이어스 스미스는 거만해 보이는 그의 아버지가 직접 성에서 데리고 나갔다. 한편 셰이머스 피니건은 학교로 찾아온 어머니와 함께 집으로 돌아가기를 대놓고 거부했다. 두 사람은 현관홀에서 큰 소리로 말다툼을 벌였고, 그 다툼은 셰이머스의 어머니가 아들에게 장례식이 끝날 때까지 학교에 남아 있어도 된다고 허락했을 때에야 일단락되었다. 셰이머스가 해리와 론에게 해 준 말에 따르면 셰이머스의 어머니는 호그스미드에서 숙소를 잡느라 무척 애를 먹었다. 수많은 마법사가 덤블도어의 장례식에 참석하고자 마을로 쏟아져 들어왔던 것이다.

장례식 전날 늦은 오후, 날개 달린 거대한 팔로미노 말 열두 마리가 끄는 집채만 한 담청색 마차가 하늘에서 날아와 금지된 숲 가장자리에 내려앉자, 지금껏 그런 광경을 한 번도 본 적 없는 저학년 학생들 사이에서 흥분이 일었다. 해리는 창문을 통해 올리브빛 피부에 검은 머리카락을 가진 훤칠한 여자가 마차 계단을 내려와 기다리고 있던 해그리드의 품안에 뛰어드는 모습을 지켜보았다. 한편 마법 정부 총리를 포함한 공무원 파견단은 성안에서 지내고 있었다. 해리는 그들 중 누구와도 마주치지 않으려고 신경 썼다. 그는 머잖아 덤블도어가 마지막으로 호그와트를 비웠던 일에 대해 설명하라는 요구를 또 한 번 받게 될 거라고 확신했다.

해리, 론, 헤르미온느, 지니는 모든 시간을 함께 보내고 있었다. 눈부시도록 아름다운 날씨가 꼭 그들을 조롱하는 것 같았다. 해리는 만약 덤블도어가 살아 있었더라면 이 시간을 어떻게 보냈을지를 머릿속에 그려 보았다. 지니의 시험이 끝나고 숙제의 압박도 사라진 뒤 모두가 함께 연말을 보내고 있었을 텐데……. 그는 시간이 지날수록 해야만 하는 말을 하고 옳다고 생각하는 행동을 하기를 자꾸만 미뤘다. 그의 가장 큰 위안의 원천을 놓아 버리기가 너무나 힘들었기 때문이었다.

그들은 하루에 두 번 병동을 방문했다. 네빌은 퇴원했지만 빌은 계속 폼프리 선생의 치료를 받고 있었다. 그의 상처는 여전히 심각한 상태였다. 다행히 두 눈과 두 다리가 달려 있기는 했지만, 사실 이제 그는 매드아이 무디와 비슷해 보였다. 하지만 성격만은 예전과 다름없는 것 같았다. 달라진 듯 보이는 것은, 그가 이제 날것에 가까운 스테이크를 엄청나게 좋아하게 됐다는 사실뿐이었다.

"……그러니까 빌이 나랑 결혼하게 된 정 정말 행운이야." 플뢰르가 빌의 베개를 탁탁 두드려 모양을 바로잡아 주면서 기쁜 듯 말했다. "내가 예전에도 말했지망, 영국 사람들응 고기를 지나치게 익혀서 먹으니까."

"빌이 정말로 재랑 결혼한다는 사실을 받아들여야 하나 봐." 그날 늦은 저녁 지니가 해리, 론, 헤르미온느와 함께 그리핀도르 휴게실의 열린 창가에 앉아 땅거미가 지는 교정을 내다보면서 한숨을 쉬었다.

"플뢰르도 그렇게 나쁜 사람은 아니야." 해리가 말했다.

"못생기긴 했지만." 지니가 눈썹을 치켜올리자 그가 얼른 덧붙였다. 지니는 마지못해 킥킥 웃었다.

"뭐, 엄마가 참아 줄 수 있다면 나도 참을 수 있을 거야."

"우리가 아는 사람 중에 또 죽은 사람 있어?" 론이 《석간 예언자일보》를 읽고 있던 헤르미온느에게 물었다.

헤르미온느는 일부러 센 척하는 그의 말투에 얼굴을 찡그렸다.

"아니." 그녀가 신문을 덮으며 나무라듯 말했다. "아직 스네이프를 찾고 있지만 아무런 흔적도 없대······."

"당연히 없겠지." 해리가 말했다. 그는 이 일이 불쑥 언급될 때마다 화가 났다. "볼드모트를 찾기 전에는 스네이프를 찾지 못할 거야. 그리고 여태까지 볼드모트를 찾아내지 못한 걸 보면······."

"난 가서 자야겠다." 지니가 하품을 했다. "그날 이후로 잠을 잘 못 잤거든. 그러니까 이제 좀 자야 할 것 같아."

그녀는 해리에게 입을 맞추고(론은 고개를 홱 돌렸다) 다른 두 사람에게 손을 흔들어 인사한 뒤 여학생 기숙사로 향했다. 지니의 등 뒤로 문이 닫힌 순간, 헤르미온느가 굉장히 헤르미온느 같은 표정을 짓고 해리 쪽으로 몸을 기울였다.

"해리, 내가 오늘 아침 도서관에서 뭔가를 찾아냈어."

"R.A.B?" 해리가 몸을 똑바로 펴고 앉으며 말했다.

예전에는 그토록 자주 느꼈던 기분, 흥분되고 궁금하고 의지에 불타고 수수께끼의 밑바닥까지 들어가 보고 싶은 기분 같은 건 들지 않았다. 그의 앞에 펼쳐진 어둡고 구불구불한 길을 더 따라가기 전에 진짜 호크룩스에 대한 진실을 알아내는 임무를 완수해야 한다는 것만 알 뿐이었다. 그와 덤블도어가 함께 출발한 길을 이제는 혼자 가야 한다는 사실 또한 알고 있었다. 저 바깥 어딘가에 여전히 네 개의 호크룩스가 남아 있을 테고, 일단 그것들을 하나하나 찾아서 제거해야 볼드모트를 죽일 수 있는 가능성이나마 생길 것이었다. 그는 그 이름들을 나열하면 호크룩스들을 손닿는 곳으로 불러올 수 있기라도 한 것처럼 계속 되뇌었다. "로켓…… 잔…… 뱀…… 그리핀도르나 래번클로의 어떤 물건…… 로켓…… 잔…… 뱀…… 그리핀도르나 래번클로의 어떤 물건……."

이 주문은 해리가 밤에 잠들었을 때도 그의 머릿속에서 고동치는 듯했다. 꿈에는 덤블도어가 그를 도와주려고 밧줄 사다리를 건네주었는데도 손이 닿지 않는 잔과 로켓, 그리고 온갖 신비한 물건들이 잔뜩 등장했다. 그나마도 그

밧줄 사다리는 해리가 기어오르기 시작하자마자 뱀으로 변해 버렸다…….

그는 덤블도어가 죽은 다음 날 아침 헤르미온느에게 로켓 안에 들어 있던 편지를 보여 주었다. 자기가 읽어 본 책에 나오는 어느 무명 마법사의 이름 머리글자라고 당장 알아본 것은 아니었지만, 그때 이후로 헤르미온느는 숙제가 없는 사람치고는 지나칠 정도로 자주 도서관으로 달려가곤 했다.

"아니." 그녀가 안타깝다는 듯 대답했다. "해리, 노력은 하고 있는데 아직까진 아무것도 못 찾았어. 똑같은 머리글자를 가진 유명한 마법사들은 몇 명 있어. 로절린드 안티고네 벙스라거나…… 루퍼트 '액스뱅어' 브룩스탠튼이라거나……. 하지만 이 사람들은 전혀 아닌 것 같아. 그 편지의 내용으로 미루어 보면 호크룩스를 훔쳐 간 사람은 볼드모트와 아는 사이였던 것 같은데, 벙스나 액스뱅어가 볼드모트와 무슨 관련이라도 있었다는 증거는 한 조각도 찾지 못했거든……. 사실 내가 하려는 말은…… 음, 스네이프에 관한 거야."

그녀는 그 이름을 다시 언급하는 것만으로도 불안해하는 기색이었다.

"스네이프가 왜?" 해리는 다시 의자에 주저앉으며 무겁게 물었다.

"그게, 그러니까 혼혈 왕자에 대해서는 뭐랄까, 내 말이 맞았다는 거야." 그녀가 머뭇거리며 말했다.

"그걸 꼭 들먹여야겠냐, 헤르미온느? 지금 내 기분이 어떨 것 같아?"

"아니, 아니야, 해리. 그런 뜻이 아니야!" 헤르미온느가 서둘러 덧붙였다. 그녀는 혹 엿듣는 사람이 없는지 확인하려고 주위를 둘러보았다. "그러니까, 그 책이 아일린 프린스 것이었다는 내 생각이 맞았다는 거야. 있잖아…… 프린스는 스네이프의 어머니였어!"

"어쩐지 생긴 게 별로더라니." 론이 말했다. 헤르미온느는 그 말을 못 들은 체했다.

"옛날 《예언자일보》를 마저 살펴보고 있었는데 아일린 프린스가 토바이어스 스네이프라는 남자랑 결혼한다는 소식이 실려 있더라고. 그리고 나중에는 아일린이 아기를 낳았다는 소식도 실렸어. 그 아기가……."

"살인자지." 해리가 내뱉었다.

"뭐…… 그래." 헤르미온느가 말했다. "그러니까…… 뭐랄까, 내 생각이 맞았어. 스네이프는 분명 '반쪽짜리 프린스'인 게 자랑스러웠을 거야. 《예언자일보》를 보니까 토바이어스 스네이프는 머글이었어."

"그래, 말 되네." 해리가 말했다. "루시우스 말포이 같은 놈들이랑 어울리려고 순수 혈통 편을 든 거야……. 볼드모트랑 똑같아. 순혈 어머니에 머글 아버지……. 자신의 핏줄을 수치스러워하면서 어둠의 마법을 이용해 사람들이 자기를 두려워하게 만들고, 자기 자신에게 그럴듯한 새 이름을 지어 주고…… 볼드모트 '경'이니 혼혈 '왕자'니 하면서 말이야. 어떻게 덤블도어 교수님이 그런 사실을 놓칠 수 있지?'

그는 창밖을 내다보며 말을 멈췄다. 스네이프에 대한 덤블도어의 용납할 수 없을 만큼 엄청난 믿음이 그의 머릿속을 끊임없이 맴돌았다……. 하지만 헤르미온느가 방금 무심코 일깨워 준 것처럼 해리 자신 또한 똑같이 속지 않았던가……. 책에 휘갈겨 놓은 주문들이 점점 잔혹해져 가는데도 그는 그토록 많은 도움을 준 그 똑똑한 소년을 나쁘게 생각하지 않으려고 했다.

'도움을 줬다니…….' 지금 와서 돌이켜보니 생각만 해도 도저히 견딜 수가 없었다…….

"스네이프는 왜 네가 그 책을 사용한 걸 까발리지 않은 걸까?" 론이 말했다. "네가 그 지식을 다 어디서 얻고 있는지 뻔히 알았을 텐데."

"그래, 알고 있었어." 해리가 이를 으드득 갈며 말했다. "내가 섹툼셈프라를 썼을 때 알았어. 사실 레질리먼시를 쓸 필요도 없었지……. 그전에 알았을지도 몰라. 슬러그혼 교수님이 내가 마법약 수업에서 얼마나 뛰어난 실력을 보였는지 칭찬을 줄줄이 늘어놨을 때 말이야……. 그러게 옛날에 쓰던 책을 저장고 바닥 같은 데 놔두지 말았어야지."

"근데 왜 그 사실을 밝히지 않았을까?"

"자기가 그 책이랑 연관돼 있다는 걸 밝히고 싶지 않았던 것 같아." 헤르미온느가 말했다. "덤블도어 교수님이 알았다면 별로 좋아하지 않으셨을 테니까. 스네이프가 자기 책이 아닌 척하더라도 슬러그혼 교수님은 그 글씨를 보자마자 알아차렸을 거야. 어쨌거나 그 책은 스네이프가 예전에 쓰던 교실에 있던 거고, 덤블도어 교수님은 분명 스네이프 어머니의 성이 '프린스'라는 걸 아셨을 테니까."

"덤블도어 교수님한테 그 책을 보여 드렸어야 했어." 해리가 말했다. "덤블도어 교수님은 그동안 줄곧 나한테 볼드모트가 학창 시절부터 얼마나 사악했는지 보여 주고 계셨어. 그리고 나한테는 스네이프도 똑같이 사악하다는 증거가 있었고…….”

“‘사악하다’는 말은 좀 센데.” 헤르미온느가 조용히 말했
다.

“그 책이 위험하다고 귀가 따갑도록 말했던 건 너잖아!”

“해리, 내가 하려는 말은 네가 너무 자책하고 있다는 거
야. 나는 혼혈 왕자의 장난이 좀 심하다고 생각하긴 했지만
그자가 잠재적인 살인자일 거라고는 전혀 예상 못 했어.”

“누가 생각이나 했겠어? 스네이프가…… 뭐, 그런 짓을
할 거라고 말이야.” 론이 말했다.

침묵이 내려앉았다. 모두 각자 자기만의 생각에 잠겨 있
었다. 하지만 해리는 그들 또한 자신과 마찬가지로 덤블도
어의 육신이 영원한 안식에 들게 될 다음 날 아침을 생각
하고 있다는 확신이 들었다. 해리는 여태껏 장례식에 참석
해 본 적이 한 번도 없었다. 시리우스가 죽었을 때는 묻어
줄 시신이 없었다. 그는 어떤 일이 벌어질지 짐작도 할 수
없었고, 어떤 것을 보게 될지, 그리고 어떤 기분이 들지 조
금 걱정되기도 했다. 장례식이 끝나고 나면 덤블도어의 죽
음이 좀 더 현실감 있게 다가올지 궁금했다. 물론 그 끔찍
한 사실에 압도당할 것 같은 위협적인 순간들도 있었다.
하지만 대체로 무감각한 시간만 멍하니 길게 이어졌고, 성

안에서 들리는 것이라곤 온통 그 이야기뿐인데도 그 시간
이 이어지는 동안에는 덤블도어가 정말로 죽었다는 사실
을 좀처럼 믿기 힘들었다. 분명 그는 시리우스가 죽었을
때처럼 절박하게 덤블도어가 어떻게든 돌아올 수 있는 빈
틈 같은 것을 찾지는 않았다……. 그는 주머니에 손을 넣
어 그 가짜 호크룩스의 차가운 쇠줄을 만져 보았다. 이제
그는 그 로켓을 부적 같은 것이 아니라, 그것 때문에 어떤
대가를 치러야 했고 아직 어떤 임무가 남아 있는지를 일깨
워 주는 물건인 양 항상 지니고 다녔다.

　해리는 다음 날 짐을 싸기 위해 아침 일찍 일어났다. 장
례식이 끝나고 한 시간 뒤에 호그와트 급행열차가 출발하
기로 되어 있었다. 아래층에 내려가 보니 대연회장의 분위
기는 무겁게 가라앉아 있었다. 모두가 정장 로브를 입고
있었고 누구도 배가 고프지 않은 듯했다. 맥고나걸 교수는
교직원 식탁 한가운데 있는 왕좌 같은 의자를 그대로 비워
두었다. 해그리드의 의자도 비어 있었다. 해리는 해그리드
가 차마 아침 식탁에 앉을 수 없었던 거라고 생각했다. 하
지만 스네이프의 자리에는 루퍼스 스크림저가 떡하니 앉
아 있었다. 스크림저가 노란 눈으로 대연회장을 쭉 훑자
해리는 얼른 그의 시선을 피했다. 스크림저가 그를 찾고

있다는 느낌이 들어서 불편했다. 해리는 스크림저가 끌고 온 파견단 사람들 가운데서 빨간 머리카락에 뿔테 안경을 쓴 퍼시 위즐리를 발견했다. 론은 유독 난폭하게 훈제 청어를 마구 찔러 댔을 뿐 퍼시를 의식하는 티를 전혀 내지 않았다.

건너편 슬리데린 식탁에서는 크래브와 고일이 머리를 맞댄 채 수군거리고 있었다. 둘 다 덩치가 엄청난 소년들이었지만, 그들 사이에서 이래라저래라 하는 키 크고 허여멀건 얼굴의 말포이가 없으니 이상하게 처량 맞아 보였다. 해리는 말포이 생각은 별로 하지 않았다. 그의 적개심은 오로지 스네이프를 향해 있었다. 해리는 탑 꼭대기에서 들었던 말포이의 목소리에 두려움이 깃들어 있었다는 사실을 잊지 않았다. 말포이가 다른 죽음을 먹는 자들이 도착하기 전에 마법 지팡이를 내렸다는 사실도 잊지 않았다. 말포이가 덤블도어를 죽였을 것 같지는 않았다. 그는 어둠의 마법에 사로잡힌 말포이가 여전히 경멸스러웠지만, 이제 그 싫어하는 마음에는 측은한 마음도 아주 조금 섞여 있었다. 말포이는 지금 어디에 있을까? 볼드모트가 그와 그의 부모를 죽이겠다고 위협하면서 이번에는 또 뭘 시키고 있을까?

지니가 옆구리를 쿡 찌르는 바람에 해리는 생각에서 빠져나왔다. 맥고나걸 교수가 자리에서 일어나 있었다. 애절한 웅성거림으로 가득 찼던 대연회장이 순식간에 조용해졌다.

"시간이 다 됐습니다." 그녀가 말했다. "모두 기숙사 담임 교수님들을 따라 교정으로 나오세요. 그리핀도르 학생들은 나를 따라옵니다."

그들은 침묵에 잠긴 채 의자 뒤에서 줄지어 나갔다. 해리는 슬리데린 줄 맨 앞에 서 있는 슬러그혼을 힐끔 바라보았다. 그는 은색 실로 수를 놓은 에메랄드 색깔의 멋들어진 긴 망토를 입고 있었다. 후플푸프 담임인 스프라우트 교수가 그렇게 깔끔한 차림을 하고 있는 것도 처음 보았다. 그녀의 모자에는 기운 자국 하나 없었다. 현관홀에 도착하자 핀스 선생과 필치가 나란히 서 있는 모습이 보였다. 핀스 선생은 무릎까지 내려오는 두꺼운 검은 베일을 쓰고 있었으며, 필치는 좀약 냄새를 풀풀 풍기는 아주 오래된 검은 정장에 넥타이를 매고 있었다.

현관홀에서 교정으로 이어지는 돌계단을 내려갈 때 해리는 그들이 호수로 향하고 있다는 사실을 알아차렸다. 말없이 맥고나걸 교수를 따라 수백 개의 의자가 줄지어 놓여 있는 곳으로 나아가는데 따뜻한 햇살이 해리의 얼굴을 어루만졌다. 의자들로 둘러싸인 공간에는 대리석 탁자가 놓여 있었다. 의자들은 모두 앞에 있는 탁자를 마주하고 있었다. 눈부시게 아름다운 여름날이었다.

초라한 사람들과 세련된 사람들, 늙은이들과 젊은이들, 아주 다양한 사람들이 이미 의자의 절반 정도를 채우고 있었다. 대부분 해리가 모르는 사람들이었지만, 불사조 기사단 단원들을 비롯해 낯익은 사람도 몇 명 있었다. 킹슬리 샤클볼트, 매드아이 무디, 기적처럼 머리카락이 아주 생기 넘치는 분홍색으로 돌아온 통스, 그런 그녀의 손을 잡고 있는 듯 보이는 루핀, 위즐리 부부, 플뢰르의 부축을 받고 있는 빌이 있었고, 검은색 용 가죽 재킷을 걸친 프레드와 조지도 있었다. 그리고 혼자서 의자 두 개 반을 차지하고 앉아 있는 막심 교장과 리키 콜드런 주인인 톰, 해리의 스큅 이웃인 아라벨라 피그, 마법사 밴드인 운명의 세 여신의 머리숱 풍성한 베이스 연주자, 나이트 버스 기사인 어니 프랭, 다이애건 앨리에 있는 로브 가게 주인 말킨 부인이 보였다. 호그스 헤드의 바텐더와 호그와트 급행열차에서 간식 손수레를 끌고 다니는 여자 마법사처럼 해리가 얼굴만 아는 사람들도 몇 명 있었다. 성에 사는 유령들도 와 있었는데, 밝은 햇빛 아래에서 그들의 모습은 거의 눈에 보이지 않았다. 움직일 때에만 환한 공기 속에서 희미하게 구분할 수 있었을 뿐이다.

해리, 론, 헤르미온느, 지니는 호수 옆 끝자리에 나란히 앉았다. 사람들이 서로 소곤거리는 소리가 마치 산들바람에 풀이 살랑살랑 흔들리는 소리처럼 들렸다. 그보다는 새들의 노랫소리가 훨씬 컸다. 사람들이 계속 몰려들었다. 루나의 도움을 받아 자리에 앉는 네빌을 본 해리는 두 사람을 향한 뜨거운 애정이 솟구치는 것을 느꼈다. 덤블도어가 죽은 날 밤, 헤르미온느의 부름에 응했던 사람은 오직 그 두 사람뿐이었다. 해리는 그 이유를 알고 있었다. 그들이야말로 D.A.를 가장 그리워했던 사람들이었기 때문이다……. 아마 모임이 또 열릴까 싶어 꾸준히 동전을 확인한 사람도 그들뿐이었을 것이다…….

코닐리어스 퍼지가 그들을 지나쳐 앞줄로 걸어갔다. 그는 참담한 표정으로 여느 때처럼 녹색 중산모자를 빙글빙글 돌리고 있었다. 리타 스키터의 모습도 보였다. 그녀가 손톱을 빨갛게 칠한 손으로 취재 노트를 움켜쥐고 있는 것을 보자 해리는 분노가 치밀었다. 그리고 잠시 후 덜로리스 엄브리지의 모습이 눈에 들어오자 더한층 분노가 끓어오르는 것을 느꼈다. 엄브리지는 회색 곱슬머리 위에 검은색 벨벳 리본을 얹은 채 그 두꺼비 같은 얼굴에 가식적인 슬픔을 드러내고 있었다. 그녀는 호숫가에 보초병처럼 서 있던 켄타우로스 피렌지의 모습을 보고 화들짝 놀라더니 멀찍이 떨어진 곳으로 허둥지둥 자리를 옮겼다.

마침내 교직원들이 자리를 잡았다. 진지하고 위엄 있는 표정을 짓고 있는 맥고나걸 교수와 함께 앞줄에 앉아 있는 스크림저의 모습이 보였다. 해리는 과연 스크림저를 비롯한 주요 인사들 중에 덤블도어의 죽음을 진심으로 슬퍼하는 사람이 한 명이라도 있을지 궁금했다. 하지만 잠시 후 마치 다른 세상에서 들리는 것만 같은 이상한 노랫소리가 들려오자 그는 정부 사람들을 향한 증오는 잠시 잊고 소리의 근원지를 찾아 주위를 둘러보았다. 해리만 그런 게 아니었다. 많은 사람들이 약간 경계하는 기색으로 고개를 돌리며 주위를 두리번거렸다.

"저기야." 지니가 해리의 귀에 대고 속삭였다.

그리고 그는 햇살이 비치는 깨끗한 초록색 호수 속에 있는 그들을 보았다. 수면 바로 아래 있는 그들의 모습이 인페리우스를 떠올리게 해서 해리는 순간 소름이 쫙 끼쳤다. 인어 합창단이 해리가 모르는 이상한 언어로 노래를 부르고 있었다. 그들의 파르스름한 얼굴에 물결이 일렁였다. 보라색 머리카락은 사방으로 흐느적거렸다. 그 노랫소리는 해리의 목덜미 털이 쭈뼛 서게 만들었지만 불쾌하게 느껴지지는 않았다. 그 노래는 아주 분명하게 상실감과 절망을 이야기하고 있었다. 해리는 노래를 부르는 그 사나운 얼굴들을 내려다보면서, 적어도 이들은 덤블도어의 죽음을 진심으로 슬퍼하고 있다는 느낌을 받았다. 그때 지니가 또다시 옆구리를 쿡 찌르는 바람에 해리는 뒤를 돌아보았다.

해그리드가 의자들 사이의 통로를 천천히 걸어오고 있었다. 마냥 조용하게 울고 있는 그 얼굴이 눈물로 번들거렸다. 그리고 그의 팔에는 황금색 별 모양 반짝이가 달린 자줏빛 벨벳 천으로 감싼 무언가가 안겨 있었다. 해리가 알기로 그것은 덤블도어의 시신이었다. 그 모습을 보자 해리의 목구멍으로 날카로운 고통이 솟구쳤다. 한순간, 그 이상한 노랫소리와 더불어 덤블도어의 시신이 이토록 가까이 있다는 사실이 그날의 온기를 모두 앗아 가 버리는 것 같았다. 론은 하얗게 질린 채 충격받은 표정을 짓고 있었다. 지니와 헤르미온느의 무릎 위로 굵은 눈물방울이 툭툭 떨어졌다.

앞에서 무슨 일이 벌어지고 있는지 잘 보이지 않았다.

해그리드가 시신을 조심스럽게 탁자에 올려놓은 것 같았
다. 이제 그는 요란하게 나팔 부는 듯한 소리를 내며 코를
풀면서 의자들 사이로 물러났다. 그 소리에 몇몇 사람이
괘씸하다는 표정을 지었다. 해리가 보니 엄브리지도 그런
표정이었지만…… 정작 덤블도어는 그런 것에 신경 쓰지
않았을 거라는 사실을 해리는 알고 있었다. 그는 지나가는
해그리드에게 친근한 손짓을 보내려고 했지만, 해그리드
의 눈이 어찌나 퉁퉁 부어 있었는지 앞이나 제대로 볼 수
있을지 의문스러울 지경이었다. 해리는 맨 뒷줄로 걸어가
는 해그리드를 힐끗 보고 그가 어디를 향하고 있는지 깨달
았다. 그곳에는 각각이 작은 천막만 한 재킷과 바지를 입
은 거인 그룹이 있었다. 그룹은 커다란 바위 같은 못생긴
머리를 숙이고 인간에 가까운 모습으로 얌전하게 앉아 있
었다. 해그리드가 옆에 가서 앉자 그룹이 그의 머리를 세
게 내리쳤다. 그 바람에 해그리드가 앉은 의자 다리가 땅
속에 박혀 들었다. 해리는 순간 웃음을 터뜨리고 싶은 충
동을 느꼈다. 하지만 그때 노래가 멈췄고 그는 다시 고개
를 돌려 앞을 바라보았다.

수수한 검은색 로브를 입은 머리가 덥수룩한 조그만 남
자가 자리에서 일어나 덤블도어의 시신 앞에 서 있었다.

해리는 그가 뭐라고 말하는지 알아들을 수가 없었다. 수백 명의 머리 위로 이상한 말들이 둥실둥실 떠왔다. "고귀한 영혼"…… "지적인 공헌"…… "위대한 심성"……. 그런 말들은 그다지 의미가 없었다. 해리가 아는 덤블도어와는 별 상관 없는 말이었다. 갑자기 그의 머릿속에 덤블도어가 쓸 법한 몇 가지 단어가 떠올랐다. "멍청이", "찌꺼기", "울보", "속물". 그래 놓고 해리는 또 한 번 입가에 번지는 웃음을 애써 참았다. ……대체 내가 왜 이러지?

왼쪽에서 작게 첨벙거리는 소리가 들렸다. 인어들 또한 수면 위로 머리를 내밀고 귀 기울이는 모습이 보였다. 해리는 2년 전, 그가 지금 앉아 있는 곳에서 아주 가까운 물가에 웅크리고 앉아 인어 족장과 인어어로 대화를 나누던 덤블도어의 모습을 떠올렸다. 해리는 덤블도어가 인어들의 말을 어디에서 배웠을지 궁금했다. 덤블도어에게 물어보지 않았던 것이 너무나 많았고 그에게 해야만 했던 말도 너무나 많았다…….

바로 그때, 아무런 예고도 없이, 가혹한 진실이 그를 휩쓸었다. 그것은 그 어느 때보다도 더욱 철저하고 부정할 수 없는 진실이었다. 덤블도어는 죽었다. 그의 곁을 떠나 버렸다……. 그는 차가운 로켓을 손이 아플 정도로 꽉 움켜쥐었지만 눈에서 뜨거운 눈물이 쏟아지는 것을 막을 수는 없었다. 검은색 로브를 입은 조그만 남자가 장황하게 말을 이어 가는 동안 그는 지니와 다른 사람들에게서 눈을 돌려 호수 건너편 금지된 숲 쪽을 바라보았다. ……숲에서 뭔가 움직임이 일었다. 켄타우로스들도 조의를 표하기 위해 와 있었던 것이다. 그들은 숲에서 나와 사람들에게 모습을 드러내지는 않았지만, 활을 옆으로 늘어뜨리고 그늘속에 몸을 반쯤 감춘 채 가만히 서서 마법사들을 지켜보고 있었다. 해리의 머릿속에 처음 금지된 숲으로 떠났던 악몽 같은 기억이 떠올랐다. 그때 그는 온전한 몸을 갖게 되기 전의 볼드모트와 처음으로 마주쳤다. 그가 어떻게 볼드모트에게 맞섰고, 그로부터 오래 지나지 않아 덤블도어와 함께 질 게 뻔해 보이는 이 싸움에 어떻게 대처해야 할지 이야기 나눴던 일도 떠올랐다. 덤블도어는 싸우고 또 싸우고 계속 싸우는 것이 중요하다고 말했다. 오직 그때에야 악은 완전히 뿌리 뽑히지는 않을지라도 최소한 저지될 수 있다면서…….

뜨거운 태양 아래서 해리는 그를 아꼈던 사람들, 어머니와 아버지, 대부, 마침내 덤블도어까지 그 모든 사람이 그를 지키기 위해 어떻게 차례차례 그의 앞을 막아섰는지 똑똑히 깨달았다. 하지만 그런 일은 이제 끝이었다. 더 이상 누구도 그와 볼드모트 사이에 끼어들게 놔두지 않을 것이다. 그는 한 살이라는 나이에 진작 잃었어야 했던 환상, 부모님의 품안에 숨어 있는 한 그를 해칠 수 있는 건 아무것도 없다는 그 환상을 버려야 했다. 이제는 악몽에서 그를 깨워 줄 사람도 없었고, 실제로 그는 안전하다고, 이 모든 게 상상일 뿐이라고 어둠 속에서 위로해 주는 속삭임도 없었다. 그를 지켜 주던 마지막 사람이자 가장 위대한 사람이 죽었다. 그는 그 어느 때보다도 철저하게 혼자였다.

검은 로브를 입은 조그만 남자가 마침내 말을 멈추고 자리에 앉았다. 해리는 또 다른 사람이 자리에서 일어나기를 기다렸다. 아마도 총리의 연설이 있을 거라고 생각했지만 움직이는 사람은 아무도 없었다.

그때 몇몇 사람이 비명을 질렀다. 덤블도어의 시신이 놓여 있던 탁자 주위에서 눈부신 하얀 불길이 뿜어 나왔던 것이다. 불길은 점점 높이 치솟아 시신을 가려 버렸다. 하얀 연기가 나선을 그리며 허공으로 피어오르더니 이상한 모양들을 만들어 냈다. 심장이 멎을 것만 같은 한순간 해리는 불사조가 푸른 하늘을 향해 즐겁게 날아가는 모습을 본 것 같았다. 하지만 다음 순간 불길은 어느새 사라지고,

그 자리에는 덤블도어의 시신과 그가 안치된 탁자가 들어 있는 하얀색 대리석 무덤만 남았다.

화살들이 하늘을 가르고 쏟아지자 여기저기서 놀란 비명들이 튀어나왔지만 그 화살들은 사람들이 있는 곳에서 멀찍이 떨어져 내렸다. 해리는 그것이 켄타우로스들이 덤블도어에게 표하는 조의라는 것을 알았다. 몸을 돌린 그들의 꼬리가 다시 그늘진 숲속으로 사라지는 모습이 보였다. 마찬가지로 인어들 또한 천천히 녹색 물속으로 가라앉아 모습을 감췄다.

해리는 지니, 론, 헤르미온느를 바라보았다. 론은 햇빛 때문에 앞이 잘 보이지 않는 것처럼 얼굴을 잔뜩 찌푸리고 있었고, 헤르미온느의 얼굴은 온통 눈물로 번들거렸다. 하지만 지니는 더 이상 울지 않았다. 그녀는 해리 없이 퀴디치 우승컵을 차지한 후 그를 껴안았을 때처럼 결의에 불타는 듯한 눈으로 해리를 마주 보고 있었다. 그 순간 해리는 그들이 서로를 완벽하게 이해하고 있다는 것을 깨달았다. 그리고 그가 이제부터 뭘 하려는지 말한다 하더라도 그녀가 '조심해'라거나 '그러지 마'라고 말하지 않고 그의 결정을 받아들여 주리라는 것도 알았다. 그녀가 해리에게 기대하는 건 그것 말고는 아무것도 없을 테니까. 그래서 해리

는 마음을 다잡고 덤블도어가 세상을 떠난 뒤 반드시 해야
만 했던 말을 꺼냈다.

"지니, 할 얘기가 있어……." 주위에서 웅성대는 소리가
점점 커지고 사람들이 하나둘 자리에서 일어나기 시작할
때 그가 아주 나직한 목소리로 말했다. "난 더 이상 너랑
사귈 수 없어. 우린 이제 그만 만나야 해. 함께할 수 없어."

그녀가 묘하게 비틀린 미소를 지으며 말했다. "웬 멍청
하고 고귀한 이유 때문이지?"

"너와 함께한 몇 주 동안…… 마치 다른 사람의 삶을 사
는 것 같았어." 해리가 말했다. "하지만 난 안 돼……. 우린
그렇게 될 수가 없어……. 이제는 나 혼자서 해야만 하는
일들이 있어."

그녀는 울지도 않고 그저 그를 바라만 볼 뿐이었다.

"볼드모트는 자신의 적과 가까운 사람들을 이용해. 그자
는 이미 너를 한 번 미끼로 쓴 적이 있는데, 그건 단지 네
가 내 가장 친한 친구의 동생이기 때문이었어. 우리가 이
관계를 계속하면 네가 얼마나 위험해질지 생각해 봐. 볼드
모트는 알게 될 거야. 알아낼 거야. 그자는 너를 이용해서
나한테 접근하려고 할 거야."

"그러든 말든 상관없다면?" 지니가 날카롭게 물었다.

"난 상관없지 않아." 해리가 말했다. "이게 네 장례식이
고…… 네가 나 때문에 그렇게 된 거라면 내 기분이 어떨
것 같아?"

그녀는 해리에게서 눈을 돌려 호수 건너편을 바라봤다.

"난 사실 널 포기한 적이 없어." 그녀가 말했다. "속으로
는 말이야. 나는 항상 기대를 품고 있었어……. 헤르미온느
는 나한테 이제 그만하고 내 인생을 살라고, 다른 사람들하
고도 사귀어 보고 네가 옆에 있어도 좀 편하게 있으라고 했
어. 전에 너랑 같은 공간에 있을 땐 한 마디도 할 수 없었거
든. 기억나? 헤르미온느는 네가 나한테 관심 갖게 될 거라
고 생각했어. 내가 좀 더…… 나다워진다면 말이야."

"정말 똑똑하다니까, 헤르미온느는." 해리가 애써 미소
지으며 말했다. "그냥 너한테 좀 더 일찍 사귀자고 할 걸
그랬다는 생각뿐이야. 그럼 아주 오랫동안 함께할 수 있었
을 텐데…… 여러 달…… 어쩌면 몇 년 동안 말이야……."

"근데 넌 마법사 세계를 구하느라 늘 너무 바빴잖아." 지
니가 살며시 미소 지으며 말했다. "뭐…… 솔직히 놀랐다
고는 못 하겠어. 결국은 이런 일이 일어날 줄 알고 있었어.
난 네가 볼드모트를 쫓지 않으면 행복할 수 없다는 걸 알
아. 어쩌면 그렇기 때문에 내가 널 이토록 좋아하는지도

모르고."

해리는 이런 말을 도저히 듣고 있을 수가 없었다. 그녀의 곁에 계속 앉아 있으면 자신의 결심을 지킬 수 없을 것 같았다. 론을 보니 그는 이제 그의 어깨에 기대 흐느끼는 헤르미온느의 머리를 쓰다듬어 주고 있었다. 그의 긴 코끝에서도 눈물이 뚝뚝 떨어졌다. 해리는 참담한 기색으로 자리에서 일어나 지니, 그리고 덤블도어의 무덤을 뒤로하고 호수를 빙 둘러 걸어가기 시작했다. 가만히 앉아 있는 것보다 움직이는 쪽이 훨씬 견딜 만했다. 되도록 빨리 호크룩스를 추적하고 볼드모트를 죽이는 일을 시작하는 것이 그 일을 기다리는 것보다 더 마음 편한 것처럼…….

"해리!"

해리는 뒤돌아보았다. 루퍼스 스크림저가 지팡이를 짚은 채 절뚝거리며 호숫가를 돌아 빠르게 다가오고 있었다.

"잠깐 얘기를 나누고 싶었다. ……같이 좀 걸어도 될까?"

"네." 해리는 무뚝뚝하게 대답하고 다시 걷기 시작했다.

"해리, 이건 무시무시한 비극이다." 스크림저가 조용히 말했다. "이 소식을 듣고 내가 얼마나 경악했는지 이루 말할 수가 없을 정도다. 덤블도어는 참으로 위대한 마법사였

어. 너도 알다시피 우리는 서로 의견이 좀 다르기는 했지
만 나보다 그를 더 잘 아는 사람은……."

"무슨 일 때문에 그러시죠?" 해리가 딱 잘라 물었다.

스크림저는 언짢은 듯했지만, 얼른 얼굴을 바꿔 조금 전
과 같은 이해심 가득한 슬픈 표정을 지어 보였다.

"당연히 충격이 심할 테지." 그가 말했다. "네가 덤블도
어와 아주 가까운 사이였다는 건 알고 있다. 넌 아마 덤블
도어가 가장 총애하는 학생이었을 거야. 두 사람의 유대감
은……."

"원하시는 게 뭐냐고요." 해리가 멈춰 서며 다시 말했다.

스크림저도 멈춰 서서 지팡이에 몸을 의지하고 해리를
바라보았다. 이제 그는 예리한 표정을 짓고 있었다.

"덤블도어가 죽은 날 밤, 너와 함께 학교를 비웠다는 말
이 있더구나."

"누가 그래요?" 해리가 말했다.

"덤블도어가 사망한 다음 누군가가 탑 꼭대기에서 죽음
을 먹는 자에게 기절 마법을 걸었다. 그곳에는 빗자루도
두 개 놓여 있었지. 정부에서도 기본적인 계산은 할 줄 안
다, 해리."

"그렇다니 다행이네요." 해리가 말했다. "뭐, 덤블도어

교수님이랑 어디에 갔든 우리가 무슨 일을 했든 그건 제 문제예요. 덤블도어 교수님은 사람들한테 그 일을 알리고 싶어 하지 않으셨어요."

"그런 의리는 물론 존경할 만한 것이지." 스크림저가 말했다. 치밀어 오르는 화를 겨우 참고 있는 것 같았다. "하지만 덤블도어는 세상을 떠났다, 해리. 떠나 버렸어."

"덤블도어 교수님은 그분에게 충실한 사람이 아무도 없을 때에만 학교를 떠나실 거예요." 해리는 자기도 모르게 미소를 지으며 그렇게 말했다.

"얘야, 아무리 덤블도어라도 죽음에서 살아 돌아올 수는 없…….."

"그런 뜻이 아니에요. 총리님은 이해 못 하시겠죠. 아무튼 전 할 얘기 없어요."

스크림저는 잠깐 망설이다가 배려하는 것처럼 들리게 하려는 의도가 분명한 목소리로 말했다. "해리, 정부에서는 말이다, 너에게 온갖 보호 수단을 제공할 수 있다. 기꺼이 오러 두어 명을 보내서 너를 지키게…….."

해리는 웃음을 터뜨렸다.

"볼드모트는 자기 손으로 직접 절 죽이고 싶어 해요. 오러들은 그자를 막지 못할 거예요. 말씀은 고맙지만, 사양

하겠습니다."

"그럼……." 스크림저가 어느새 차가워진 목소리로 말했다. "크리스마스 때 내가 했던 부탁은……."

"무슨 부탁요? 아, 맞다…… 총리님이 얼마나 일을 잘하고 있는지 세상에 알려 달라는 부탁이었죠. 그 대가로……."

"모두의 사기를 북돋기 위해서야!" 스크림저가 쏘아붙였다.

해리는 잠시 그를 빤히 쳐다보았다.

"스탠 션파이크는 풀어 주셨나요?"

붉으락푸르락하게 변한 스크림저의 얼굴은 유난히 버넌 이모부를 떠올리게 했다.

"잘 알겠다, 너는……."

"머리끝부터 발끝까지 덤블도어의 사람이죠." 해리가 말했다. "맞아요."

스크림저는 다시 한 번 그를 노려보더니 더 이상 아무 말도 없이 몸을 획 돌려 절뚝절뚝 멀어져 갔다. 퍼시를 비롯한 정부 직원들이 스크림저를 기다리면서, 아직도 자리에 앉아 흐느끼는 해그리드와 그롭을 초조하게 힐끔거리는 모습이 해리의 눈에 띄었다. 론과 헤르미온느가 사람들

쪽으로 향하는 스크림저를 지나쳐 황급히 해리에게 다가왔다. 해리는 몸을 돌리고 그들이 따라잡기를 기다리며 계속 천천히 걸음을 옮겼다. 마침내 두 사람은 지금보다 행복했던 시절에 함께 앉아 시간을 보내곤 했던 너도밤나무 그늘 아래에서 해리를 따라잡았다.

"스크림저가 뭐래?" 헤르미온느가 속삭였다.

"크리스마스 때 했던 거랑 똑같은 얘기였어." 해리가 어깨를 으쓱했다. "나더러 덤블도어 교수님과 관련된 내부 정보를 주고 정부의 새 마스코트가 되어 달래."

론은 잠깐 참을성을 발휘하려 애쓰는 듯하더니 헤르미온느에게 큰 소리로 말했다. "저기, 나 다시 가서 퍼시를 한 대 때려 줘야겠어!"

"안 돼." 그녀가 그의 팔을 잡으며 단호하게 말했다.

"그래야 분이 좀 풀릴 것 같단 말이야!"

해리가 웃음을 터뜨렸다. 헤르미온느마저 살짝 미소 지었지만 성을 올려다보면서는 그 웃음이 희미해져 있었다.

"다시 돌아오지 못할 수도 있다고 생각하면 견딜 수가 없어." 그녀가 조용히 말했다. "어떻게 호그와트가 문을 닫을 수 있지?"

"닫지 않을지도 몰라." 론이 말했다. "집에 있다고 해서 여기에 있는 것보다 더 안전한 건 아니잖아? 지금은 어디나 똑같아. 나라면 호그와트가 더 안전하다고 얘기하겠어. 여기에는 이곳을 지킬 마법사들이 더 많으니까. 해리, 네 생각은 어때?"

"나는 학교가 다시 문을 연다고 해도 돌아오지 않을 거야." 해리가 말했다.

론은 입을 쩍 벌린 채 그를 바라봤지만 헤르미온느는 슬픔에 잠긴 목소리로 이렇게 말했다. "네가 그렇게 말할 줄 알았어. 하지만 그럼 뭘 할 생각인데?"

"더즐리네로 다시 돌아가야지. 덤블도어 교수님은 내가 그러길 바라셨으니까." 해리가 말했다. "하지만 아주 잠깐 동안만 머물러 있다가 영원히 떠날 거야."

"하지만 학교로 돌아오지 않으면 어디로 가려고?"

"고드릭 골짜기에 가 볼까 생각했어." 해리가 웅얼거렸다. 그는 덤블도어가 죽은 날 밤 이후로 계속 그 생각을 품고 있었다. "나한테는 이 모든 일이 거기서부터 시작된 셈이야. 그냥 그곳에 가야겠다는 느낌이 들었어. 그리고 부모님 무덤도 찾아갈 수 있을 거야. 그러고 싶어."

"그런 다음에는?" 론이 물었다.

"그런 다음에는 나머지 호크룩스들을 찾아야겠지?" 해

리가 말했다. 그의 눈길은 호수 저편 물속에 비친 덤블도어의 하얀 무덤에 머물러 있었다. "덤블도어 교수님이 내가 하길 바라셨던 일이 그거야. 그래서 그 모든 얘기를 해 주셨던 거야. 덤블도어 교수님 생각이 맞다면…… 난 분명 맞을 거라고 생각하지만, 저 바깥 어딘가에는 아직도 네 개의 호크룩스가 남아 있어. 나는 그걸 찾아서 파괴해야 해. 그런 다음에는 볼드모트의 일곱 번째 영혼 조각을 추적할 거야. 아직 그자의 몸속에 들어 있는 조각 말이야. 그리고 그러는 길에 세베루스 스네이프를 만난다면……." 그가 덧붙였다. "나한테는 엄청난 행운이고 그자한테는 엄청나게 불운한 일이겠지."

긴 침묵이 이어졌다. 이제는 사람들이 거의 흩어진 뒤였다. 해그리드가 슬픔에 울부짖는 소리가 여전히 호수 건너편까지 울려 퍼졌다. 거대한 몸집의 그룹이 그를 끌어안자, 뿔뿔이 흩어지던 사람들이 멀찌감치 자리를 피했다.

"우리도 같이 갈게, 해리." 론이 말했다.

"뭐?"

"네가 너희 이모네 집에서 나왔을 때 말이야." 론이 말했다. "그런 다음에는, 네가 어딜 가든 너와 함께할 거야."

"안 돼……." 해리가 다급히 입을 열었다. 이런 반응이

나올 줄은 생각도 못 했다. 해리는 대단히 위험한 이 여행을 자기 혼자 떠나야 한다고 그들을 이해시키려 했다.

"전에 네가 그랬지?" 헤르미온느가 조용히 말했다. "우리가 원한다면 아직 돌아갈 시간은 있다고 말이야. 우린 그 시간을 지났어. 안 그래?"

"무슨 일이 있어도 우리는 너와 함께할 거야." 론이 말했다. "하지만 친구, 고드릭 골짜기에 가든 뭘 하든 그전에 우리 엄마 아빠 집에 들러야 할 거야."

"왜?"

"빌이랑 플뢰르의 결혼식이 있잖아. 기억 안 나?"

해리는 깜짝 놀라서 그를 바라보았다. 결혼식 같은 평범한 일이 아직도 있을 수 있다는 것이 신기하면서도 멋지게 느껴졌다.

"그래, 그건 빠질 수 없지." 해리가 마침내 말했다.

그의 손이 무의식적으로 가짜 호크룩스를 움켜쥐었다. 하지만 지금까지 일어난 그 모든 일에도 불구하고, 그의 앞에 펼쳐져 있는 어둡고 험난한 길에도 불구하고, 한 달이 될지 아니면 1년 후 혹은 10년 후가 될지는 모르지만 언젠가는 반드시 오고야 말 볼드모트와의 마지막 만남에도 불구하고, 해리는 론, 헤르미온느와 함께 즐길 수 있는 찬란하고 평화로운 날이 마지막으로 하루 남아 있다는 생각에 가슴이 두근거리는 것을 느꼈다.

(제7권 《해리 포터와 죽음의 성물 1》에서 계속됩니다.)

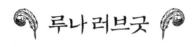 루나 러브굿

♦ 래번클로 ♦

래번클로 기숙사의 공상가인 루나 러브굿은 언제나 솔직하고 틀에서 벗어나 있으며, 특이한 장신구를 하고 다니면서 무모한 이론들을 내놓을 게 틀림없습니다. 무엇 때문에 루나가 이토록 특이한 인물로 보이는지 떠올리려면 이어지는 내용을 읽어 보세요.

"너는 미쳐 가고 있다거나 뭐 그런 게 아니야. 나한테도 보이거든. (……) 너도 나만큼 제정신이야."

✳

"나는 이름을 말해서는 안 되는 그 사람이 돌아왔다는 것도 믿고, 네가 그 자와 싸우다가 도망쳐 나왔다는 것도 믿어."

✳

"그래서 우리는 올여름에 스웨덴으로 탐험을 떠나서 굽은뿔 스노캑을 잡을 수 있는지 알아볼 거야."

✳

"나도 그 모임 즐거웠어. 친구가 생긴 것 같았거든."

✳

"네 한쪽 눈썹이 밝은 노란색이라는 거 알고 있니?"

✳

"랙스퍼트한테 당한 거야?"

LUNA
LOVEGOOD

루나 러브굿

☀ 마법사 세계의 마법 책들 ☀

◆ 래번클로 ◆

나름대로 생명을 가지고 으르렁거리며 이빨을 딱딱거리는 두꺼운 책에서부터 저주받고 핏자국이 남아 있는 책에 이르기까지, 책은 호그와트 마법 교육의 필수적인 요소입니다. 1학년생들은 금세 도서관에 끌리게 되죠. 수만 권의 책으로 가득한 이 보물 창고 안에서도 제한구역만큼 매력적인 곳은 없습니다. 특히 해리는 제한구역의 유혹에 저항하기 어려워합니다. 어둠의 마법에 관한 먼지 낀 책들이 꽂혀 있는 제한구역의 책꽂이는 해리가 투명 망토를 입고 처음 찾아간 곳이기도 합니다. 도서관은 핀스 선생님이 맹렬히 지키는 공간이지만, 의심 많고 독수리 같은 사서인 핀스 선생님조차 속임수에 넘어가지 않는 것은 아닙니다. 해리, 론, 헤르미온느가 《최강의 마법약》을 빌리기 위해 잘못된 방법으로 허가서를 얻어 내면서 이 점을 증명했죠.

책은 마법사 세계의 비밀을 알려 주는 열쇠입니다. 점술 수업에서 쓰는 카산드라 바블라츠키의 《미래의 안개 걷어내기》는 학생들이 기초적인 점술 방법을 익히게 해 주는 안내서로, 손금 보기와 수정구슬점, 새 내장 보고 점치기 등의 내용이 들어 있습니다. 래번클로 교수면서 재능 있는 '예언자'이기도 한 시빌 트릴로니가 말하듯, 이 분야에서 책으로 이룰 수 있는 것에는 한계가 있습니다. 론과 해리는 축축한 찻잎과 상징이 가득한 도표를 마주 보며 베일로 가려진 미래의 수수께끼를 꿰뚫어 보려 애쓰다가, 오랫동안 써먹어 온 점술 수업 대비책으로 되돌아가 모든 내용을 지어 내곤 합니다.

높은 지능과 창의적 사고력을 갖춘 래번클로 졸업생 일부는 작가로서

의 삶을 살아갑니다. 한때 어둠의 마법 방어법 교수였던 길더로이 록하트는 교실보다는 책 사인회에 더 어울리는 사람으로 밝혀집니다. 《마법 같은 나》를 비롯한 수많은 책을 쓴 작가인 그는 밴시와 트롤부터 뱀파이어와 예티에 이르기까지 수많은 무시무시한 마법 생명체들과 만난 경험을 담은 베스트셀러를 써서 누구나 아는 유명인이 됩니다. 이런 생명체들을 직접 만난 경험이 거의 없는 이 겁쟁이 교수로서는 창의적인 상상력을 통해 이룬 업적이죠.

마법에 관해 더 배우고 싶은 호기심 많은 래번클로 학생들은 다이애건 앨리에 있는 플러리시 앤 블러츠 서점에 갈 수 있습니다. 빼곡한 책꽂이를 보면, 늑대인간과 관련된 체험담(《북슬북슬한 주둥이, 인간의 마음》)에서부터 독학을 위한 책(《용을 지나치게 사랑한 사람들》), 그리고 《음유시인 비들 이야기》처럼 아주 오래된 마법 전설이 담겨 있는 책에 이르기까지 온갖 관심사를 다루는 책들이 나오는, 마법사 세계의 번창하는 출판 환경을 알 수 있습니다.

강동혁은 서울대학교 영문학과와 사회학과를 졸업하고 같은 학교 대학원에서 영문학 석사학위를 받았다. 옮긴 책으로는 《신비한 동물사전 원작 시나리오》, 《일곱 건의 살인에 대한 간략한 역사》, 《레스》, 《이 소년의 삶》 등이 있다.

해리 포터와 혼혈 왕자 4(래번클로 기숙사 에디션)

초판 1쇄 인쇄 2022년 9월 21일
초판 1쇄 발행 2022년 10월 18일

지은이 | J.K. 롤링
옮긴이 | 강동혁
발행인 | 강봉자, 김은경

펴낸곳 | (주)문학수첩
주소 | 경기도 파주시 회동길 503-1(문발동 633-4) 출판문화단지
전화 | 031-955-9088(마케팅부), 9532(편집부)
팩스 | 031-955-9066
등록 | 1991년 11월 27일 제16-482호

홈페이지 | www.moonhak.co.kr
블로그 | blog.naver.com/moonhak91
이메일 | moonhak@moonhak.co.kr

ISBN 978-89-8392-974-7 04840
　　　 978-89-8392-901-3 (세트)

* 파본은 구매처에서 바꾸어 드립니다.